s, il est une propo-

yen français doit re-
partie du globe qu'il
lition aux droits de
la motion que sont
laves, quelque part
privé du titre hono-

lut public.

a Convention natio-
nnes de couleur des
e leur distribuer les
les des émigrés fran-
ages que celles de la

militaires : ils demandent que leur commune soit appelée *Mont-Sarrazin*.

Mention honorable & insertion des dons ; renvoi pour le changement de nom, aux comités d'instruction publique & de division.

La société républicaine de Bayeux annonce que le citoyen l'Aîtin, chirurgien, a déposé 600 liv. en numéraire, pour le soulagement de défenseurs de la Patrie.

Mention honorable & insertion au bulletin.

La commune de Torcy, canton de Lagny, annonce qu'elle vient de former une société populaire, & qu'elle a envoyé au district de Meaux 23 marcs une once d'argent, 159 livres de cuivre, 425 livres de fer, 872 livres de plomb, & 5 cloches. La même commune écrit que le 3 nivôse elle a arrêté 8 brigands, qui ont été conduits dans les prisons de Lagny.

Mention honorable & insertion au bulletin.

Le citoyen Jean Guimbereau, représentant du Peuple, écrit que le district d'Amboise vient de lui envoyer de nouveau 22 paires de

LE
PREVÔT DE PARIS,

ou

MÉMOIRES
DE SIR DE CAPEREL.

———

TOME II.

DE L'IMPRIMERIE DE LEFEBVRE,

RUE DE BOURBON, N°. 11.

LE

PREVÔT DE PARIS,

OU

MÉMOIRES

DE SIR DE CAPEREL,

SOUS LE RÈGNE DE PHILIPPE V, DIT LE LONG;

PAR L'AUTEUR D'AGNÈS SOREL.

TOME SECOND.

A PARIS,

Chez LEROUGE, Libraire, passage du
Commerce, quartier St.-André-des-Arcs.

1817.

LE
PREVÔT DE PARIS,

ou

MÉMOIRES
DE SIR DE CAPEREL.

CHAPITRE XIV.

Tout reprit alors dans la famille de Champeaux la marche que l'on avait voulu suivre au moment du mariage. M. et madame de Venette revinrent à Arras, où ils devaient fixer leur séjour habituel; mais Clotilde avait supplié son mari que l'on ne

fit aucune fête. — Quelque heureux,
disait-elle, que soit notre mariage,
on ne peut pas se dissimuler qu'il a
pensé être cause de très-grands dé-
sastres, et qu'il a attiré sur un de nos
voisins une punition sévère. Il serait
donc fort déplacé, dans cette position, de donner des bals, des réjouis-
sances, qui me paraîtraient insulter
au malheur. — Qu'il a bien mérité,
reprenait madame Bernard, avec
la belle peur qu'il m'a fait; oh! je
danserais, quand il aurait été pendu.
Edmond et Fonfrède furent de l'avis
de Clotilde. On laissa dire madame
Bernard, et on arriva à Arras *in-
cognito;* tout se borna à des visites.
Le lendemain de son arrivée, Clotilde
alla voir sa chère Radegonde, et lui
fit promettre de ne pas passer une

semaine sans venir dîner avec elle et
Agathe. Clotilde, à la ville comme à
la campagne, vécut le plus qu'il lui
était possible dans la retraite; donnant ses soins à son père et à son
époux, qu'elle s'efforçait d'aimer, et
qui, de son côté, ne négligeait aucun
moyen de se rendre aimable. Au
bout de quelques mois, un lien, le
plus fort de tous dans les cœurs vertueux, vint resserrer l'union de M. et
madame de Venette : il n'y eut plus
de doute que celle-ci était enceinte.
La joie d'Edmond égala celle de Fonfrède, et Clotilde en ressentit une
réelle. Ma chère Agathe, disait-elle,
je ne crains plus le retour de Henri;
je suis mère : qu'est-ce que je pourrais
aimer autant que mon enfant ? Sa
grossesse fut très-heureuse, et elle
accoucha d'un fils qu'elle nourrit, et

qui occupa tellement toute sa tendresse, qu'elle crut n'en avoir jamais
eu pour Henri.

Alexis n'avait point assisté aux
noces de Clotilde, quoiqu'il y eût été
invité, et depuis que madame de Venette était à Arras, il n'y était point
venu. Ainsi, le nom de Henri n'avait
point été prononcé devant elle depuis
qu'elle était mariée, lorsqu'un jour,
que M. et madame de Venette avaient
beaucoup de monde chez eux, on
annonça sir Alexis Caperel. Clotilde
tenait son fils sur ses genoux, et cependant elle tressaillit en entendant
le nom de Caperel. Celui-ci s'approcha
d'elle, et lui dit : — Quoi! déjà mère?
Qu'Edmond est heureux! cet enfant-là
devrait être le nôtre; mais le Ciel ne
m'a pas voulu donner tant de bonheur. Quand même Henri se marie-

rait, jamais je n'aimerai ma bru comme je vous aurais aimé. — En avez-vous des nouvelles, dit d'une voix émue madame de Venette. — De très-bonnes. La campagne de Flandres lui a été fort avantageuse. Le Roi l'a nommé capitaine de cent hommes d'armes, et l'a attaché à sa personne. Il m'a écrit qu'il allait à Paris, où il m'engageait à venir passer quelque temps, et je dois partir demain ou après de cette ville pour me rendre à Paris. Edmond félicita Alexis des succès de son fils, et en fit l'éloge; il avait oublié sa conduite avec madame de Fassigny. Clotilde s'en souvenait encore, mais elle se souvenait aussi combien Henri était aimable; et pour chasser cette dernière pensée, elle embrassa son fils.

M. de Venette engagea Alexis à

souper, ce qu'il accepta ; car il ne se doutait pas à quel point sa présence troublait Clotilde. L'indiscrète volubilité de madame Bernard ajouta à l'embarras de madame de Venette ; elle s'était placée à table en face de M. de Champeaux ; et du ton élevé de sa voix, elle lui faisait question sur question. — Vous allez le voir ce cher fils, disait-elle ; c'est pour vous un grand plaisir. — Extrême. — Ah ! je le crois ; un père est fier d'avoir un fils aussi beau que celui-là, et tant d'esprit et de grâce. Je l'ai vu à Prémontré ; il était charmant sous cet habit. Je ne suis pas étonnée que cette pauvre petite Fassigny l'ait aimé à l'adoration, son mari était un imbécile. — Vous avez donc été à Laon, demanda Fonfrède, à qui ces détails étaient indifférens, car il ignorait en-

tièrement l'amour que sa femme avait
pour Henri. — Est-ce que sir Allin
Destournelles, mon premier mari,
n'était pas de ce pays? Il m'y a laissé
une ferme, et nous y avons été sir
Bernard et moi. Vous souvenez-vous,
mon bon ami, comme Henri était
joli dans ses habits de moine, comme
ses beaux yeux s'animaient lorsqu'ils
se portaient sur la figure enchante-
resse d'Eudoxie. — C'est tout au plus
si je m'en souviens. — Oh! voilà
comme vous êtes, vous ne prenez
garde à rien. — Cela m'était étranger;
mais j'ai plaint sincèrement le sort
de Fassigny. — Ce sera toujours celui
de tout mari, reprit un des convives,
qui permettra à un jeune homme
beau et aimable, quelque robe qu'il
porte, d'être sans cesse auprès de sa
femme. — J'en conviens, dit Faustin;

mais périr sur l'échafaud pour avoir
voulu venger son honneur, c'est bien
cruel; et cela a dû causer de grands
remords à sir Henri. — Il en a été
très-affligé, dit Alexis; mon fils a le
cœur bon et sensible. Si une passion
indomptable l'avait emporté au-delà
des bornes de la galanterie, il n'en a
pas moins été désolé des suites fatales
de cette aventure. Clotilde n'ouvrait
pas la bouche : les louanges que madame Bernard avait faites de Henri,
le souvenir de ses funestes amours
avec madame de Fassigny, firent
passer successivement dans l'âme de
madame de Venette des sentimens
de bienveillance et de jalousie, qui
troublaient son âme à un tel point, que
sa distraction était visible. Agathe
s'en aperçut; et comme elle avait
beaucoup d'esprit, elle parvint à faire

changer la conversation en parlant d'une grande chasse qui devait avoir lieu le jour de la Saint-Hubert, et serait suivie d'un souper et d'un bal chez le Gouverneur. Madame Bernard demanda à son mari s'il serait de la chasse. — Oui. — Mais du bal ? — Il y a long-temps que je ne danse plus. — Mais ne va-t-on au bal que pour danser ? — Je le croyais jusqu'à présent. — On y va pour voir, pour être vu. — Mais, dit Faustin, dont le caractère était assez caustique, si par hasard une femme n'était plus ni jeune ni jolie, quel plaisir aurait-elle à se faire voir ? — Avec de la parure une femme est toujours bien. — C'est ce qui ne m'est pas prouvé. — Vous avez tort, monsieur, parce que je pourrais vous en donner la preuve. Ce mot fit rire quelques jeunes femmes et quel-

ques jeunes gens; mais madame Bernard ne s'en aperçut pas. Le souper
finit; et comme il était tard, on se
retira. Clotilde en fut très-contente;
car la conversation du commence-
ment du souper l'avait mise fort mal
à son aise. Mais elle ne put, comme
avant son mariage, se trouver avec
Agathe, et il fallut qu'elle supportât
seule la douleur de se voir encore
beaucoup trop sensible au souvenir
de Caperel. Cette pensée l'effraya au
point qu'elle ne put dormir de la nuit :
et lorsqu'Agathe entra le matin dans
sa chambre, elle la trouva très-abattue.
Elle se douta bien de la cause du
changement de son amie, et elle vit
qu'elle désirait d'être seule avec elle.
Alors mademoiselle Longpré proposa à sa sœur de lait de descendre
dans le jardin de l'hôtel, qui était

fort agréable. Au fond se trouvait un
berceau sous lequel était un banc;
les deux amies s'y assirent et par-
lèrent d'Henri. Mon Dieu! disait
Clotilde, où fuirais-je pour ne pas
l'entendre nommer? Le voilà à Paris,
à la Cour; mille occasions me feront
entendre ce nom funeste à mon repos.
Ah! si je m'en croyais, j'engagerais
M. de Venette à faire quelques grands
voyages : tu viendrais avec moi,
Agathe.— Partout, madame, je vous
suivrai. Agathe alors n'aimait rien
autant que Clotilde. Son heure
n'était pas venue. Elle parvint à
calmer les inquiétudes de madame
de Venette, et à lui persuader que
Henri ne serait plus dangereux pour
elle, quand elle le reverrait. Elle le
crut ou feignit de le croire; et peu

après, le calme se rétablit dans son cœur.

La fête dont on avait parlé au souper où se trouvait le père de Caperel eut lieu : le Gouverneur y invita toutes les dames. Madame Bernard vint trouver Clotilde, et lui demanda si elle avait fait faire des habits pour se montrer, dans cette occasion, d'une manière convenable. Je n'en ai pas besoin, répondit Clotilde. — Et pourquoi ? Avez - vous encore retrouvé quelques vieilles robes de feue votre mère, comme celle dont, sans moi, vous vous fussiez parée le jour de votre mariage. — Mon Dieu non ! je dis que je n'ai pas besoin de faire de la dépense pour une fête où je n'irai pas. — Et pourquoi, s'il vous plaît ? — Parce que je ne le puis. — Serait-

ce par hasard sir de Venette qu'une atteinte de jalousie aurait prise, et qui
craindrait?..... — En aucune sorte :
M. de Venette n'est point jaloux, et
n'a nulle raison de l'être. Il trouve la
plus grande satisfaction à me voir
prendre part à ce qu'on nomme dans
le monde des plaisirs ; mais il en est de
plus vifs pour moi qu'une chasse et
un bal. — Et lesquels, je vous prie ?
C'est d'être avec mon fils, qui d'ailleurs ne peut se passer de moi. — Il
faut le sevrer, vous en avez encore
le temps. La fête n'est que pour le
quatre novembre, et nous ne sommes
qu'au vingt-six octobre. Oh! non,
sûrement, je n'exposerai pas la santé
de mon fils et la mienne pour une
fête : si vous étiez mère... Non, très-
heureusement, je ne la suis pas. Et
madame Bernard, fort mécontente,

quitta madame de Venette, en di-
sant : Cette petite femme-là ne se for-
mera jamais. Cependant, le jour de
la chasse arriva : madame de Venette engagea son mari à y aller, elle
resta à Arras, pria Longpré et sa
femme à venir passer la soirée avec
elle, et à coucher à l'hôtel, car la fête
devait se prolonger dans la nuit, et
Fonfrède ne pouvait se dispenser d'y
rester. C'était un bal masqué, et les
dames avaient gardé leur masque en
sortant. Madame Bernard donnait le
bras à son mari, et sir de Venette à
une jeune femme fort laide, mais
ayant la taille et les grâces de Clotilde. Tout le temps du bal, un masque d'une très-haute taille, que personne ne connaissait dans la ville,
s'était attaché aux pas de madame Albertine; c'était le nom de cette dame,

dont le mari se nommait Dromond.
Comme elle avait beaucoup d'esprit,
elle s'était amusée infiniment du mécompte que cet homme aurait trouvé
s'il l'avait vue démasquée, et ce qui
l'avait étonnée le plus, c'est qu'il ne
la pressait pas de se laisser voir à vi-
sage découvert. Il lui parlait de ses
beaux yeux, de l'éclat de son teint,
de la régularité de ses traits, comme
s'il l'avait connue, ou plutôt, comme
la prenant pour une autre qu'il connaissait; tandis qu'elle avait les yeux
petits et louches, le teint noir, et un
nez épaté. Elle s'était réjouie de ces
louanges que l'inconnu lui donnait,
et elle s'en divertissait en les répétant
à Fonfrède, auquel, comme on sait,
elle donnait le bras. Celui-ci avait
ôté son masque, et Albertine riait
avec lui de la passion qu'elle avait

inspirée à cet inconnu. Ils ne s'apercevaient pas que les autres personnes de leur société s'étaient un peu éloignées, quand au détour d'une rue huit à dix hommes, aussi masqués, sortent d'une maison, s'élancent sur de Venette, le renversent, se saisissent d'Albertine dont ils ferment la bouche avec un mouchoir, et la portent avec la plus grande vivacité, à l'autre extrémité de la ville, la placent sur un cheval, où un des leurs la tient par le milieu du corps. Ses compagnons montent d'autres chevaux, et prennent le chemin de la forêt, où ils s'enfoncent avant l'aurore. En vain Albertine fait ses efforts pour se faire entendre, elle ne peut y parvenir. Enfin, quand ils se trouvèrent au plus épais du bois, on s'arrêta. Le jour commençait à éclairer les objets ; ils

descendirent de cheval, et firent descendre leur captive, lui ôtèrent le
mouchoir qui l'empêchait de faire entendre ses cris. En même temps son
masque tombe... Dieu! qu'avons-nous
fait, dit l'homme du bal, que reconnut
Albertine à sa taille gigantesque.
Monseigneur le baron de Loyac serait bien content si nous lui condui-
sions un semblable monstre. Grand-
merci du compliment, dit Albertine
enchantée que sa laideur la sauvât
d'un grand malheur. Tu as fait un
beau coup, Ambroise; comment as-
tu pu prendre une semblable guenon
pour la belle Clotilde? C'est la taille
qui ma trompé; mais, enfin, qu'en
allons-nous faire? la tuer serait le plus
sûr moyen de l'empêcher de parler,
mais je crois que cela n'est pas absolument nécessaire: nous sommes bien

montés, laissons-la ici, et partons à
toute bride. Nous serons à la fron-
tière avant qu'elle ait pu retrouver
son chemin. On juge de l'état où était
la pauvre Albertine pendant cette
délibération, Les coquins firent ce
qu'ils venaient de dire; remontèrent à
cheval, et s'éloignèrent à toute bride.

CHAPITRE XV.

LA pauvre Albertine était fort em-
barrassée de retrouver la route d'Arras : enfin, après avoir marché pendant
plusieurs heures , elle rencontra un
bûcheron qui fut fort surpris de
trouver dans la forêt une femme en
habit de bal, et qui mourait de froid
et de faim. Il la conduisit dans sa
chaumière, où sa femme lui fit bon
feu , et lui donna du pain noir , un
morceau de fromage , et un verre
d'eau de genièvre. Quand Albertine
fut rechauffée, elle conta à ces bonnes gens sa triste aventure, en bé-
nissant le Ciel d'avoir échappé à un si
grand péril , et elle pria le bûcheron

d'aller à Arras avertir son mari du
lieu où elle était, pensant à l'inquiétude qu'il devait ressentir, car quoiqu'elle fût laide, il l'aimait à la folie,
parce qu'elle était fort aimable.

Le bûcheron arriva avant la nuit,
et trouva M. Dromond dans le plus
violent chagrin. Jacques lui raconta
tout ce qu'Albertine lui avait dit. Cet
excellent mari ne savait quelle fête
faire au bon Jacques, il lui prenait
les mains avec la plus grande affection, il l'aurait volontiers embrassé ;
et ayant recommandé qu'on le fît bien
souper et coucher dans un bon lit, il
monta à cheval, et se rendit au ha-
meau qui était sur le bord de la grande
route. Il trouva facilement la chaumière où était son Albertine. Elle
partagea avec lui le mauvais lit que
la femme de Jacques lui avait cédé,

Dromond ne cessait de bénir le Ciel de lui avoir rendu sa compagne chérie, et après avoir donné une bourse de cent écus d'or à la famille du bûcheron, il revint à Arras portant en croupe sa chère compagne. On savait déjà qu'elle était retrouvée : ils descendirent d'abord chez M. de Venette, qui n'avait point été blessé de sa chute, mais était fort inquiet d'Albertine.

Madame de Venette fut désolée quand elle sut que c'était elle qui, sans le vouloir, avait été cause de la désagréable aventure arrivée à madame Dromond.... qui ne pouvait s'empêcher de rire en racontant les beaux complimens des brigands, et on n'était pas sans inquiétude en pensant que Loyac conservait des relations en France.

Tome II.   2

Alexis était parti pour Paris, et malgré la crainte, et peut-être le désir que Clotilde pouvait en avoir, il ne fut pas question de Henri pendant plus de deux ans. Elle était mère d'un second fils, qu'elle ignorait si Henri de Caperel était ou non resté dans la capitale. Seulement, elle savait qu'il n'était point revenu à Reuilly, ainsi que son père, lorsqu'une circonstance trop favorable pour sir Caperel, et par conséquent trop dangereuse pour madame de Venette, vint encore le rappeler à son souvenir.

Le lecteur n'a sûrement pas oublié madame Radegonde qui, après le mariage de son élève, était venue rejoindre son époux. Ses soins, son activité rendirent bientôt sa maison fort agréable, et madame de Venette trouvait une grande jouissance d'y venir

passer des journées avec Agathe et ses
enfans. Radegonde, prévenue de la
veille, faisait préparer un fromage de
la meilleure crème, des fruits, des
gâteaux; tout cela était servi sous une
tonnelle. On y joignait quelquefois
de la chasse de sir de Venette, qui se
faisait un plaisir d'y venir surprendre
sa femme avec ses amis Faustin et
Bernard. Le premier s'était marié
depuis peu à une amie de Clotilde,
plus âgée qu'elle de deux ou trois ans:
c'était une jeune personne douce et
fort aimable. Sans être belle, elle avait
une de ces physionomies qui plaisent,
parce qu'elles annoncent une belle
âme; elle avait l'esprit juste et cul-
tivé. Clotilde se plaisait autant avec
elle, que madame Bernard lui était à
charge, par ses prétentions et son
amour pour les plaisirs tumultueux;

Eulalie, au contraire (c'était le nom de madame Faustin), aimait tendrement son mari. Au moment dont nous parlons, elle avait déjà un enfant qu'elle nourrissait : c'était une petite fille ; madame Faustin l'apportait aussi chez la bonne madame Rade-gonde, et les deux jeunes mères souriaient aux premiers pas de leurs enfans ; l'aîné des fils de Clotilde les protégeait et les garantissait des chutes très-fréquentes à cet âge, en les menant tous deux par la main. Ce joli tableau faisait toute la félicité de leurs mères, dont les époux étaient charmés de voir en elles tant de raison unie aux grâces de la jeunesse. Quant à madame Bernard, elle ne venait point chez Longpré. Je ne sais, disait-elle à son mari, quel plaisir on peut trouver à passer des journées entières chez

une petite bourgeoise comme cette
dame Radegonde, dans un jardin qui
n'est rien qu'un verger, pour y voir des
marmots qui se traînent sur l'herbe :
c'est en vérité bien récréatif. Clotilde
est belle, a de l'esprit ; mais il est
resserré par des goûts rustiques, qui
l'empêcheront de prendre ce ton d'élé-
gance qui distingue les femmes de
qualité : on dirait réellement qu'elle
est, comme Agathe, fille d'un petit
tabellion. M. Bernard était fort opposé
à l'opinion qu'elle avait de Clotilde,
qu'il trouvait charmante ; mais on sait
qu'il ne la contrariait jamais. Il n'en
allait pas moins passer délicieusement
les belles soirées d'été avec ces dames
dans le verger de Longpré, qui partageait le bonheur de sa femme, quand
elle avait chez elle leurs nobles amis.
Un soir que mesdames de Venette et

de Faustin étaient chez Radegonde,
on entend arrêter un cheval à la
porte de la maison, on frappe; Perpé-
:tue, la servante, va ouvrir, et revient
un moment après dans la salle où ces
dames, leurs enfans, Radegonde et
Agathe étaient rassemblés, et où était
aussi Longpré; cette fille, s'adressant
à son maître : Monsieur, dit-elle, c'est
de la part de monseigneur Henri de
Caperel, prevôt de Paris. — Que me
veut-il? Ce redoutable nom n'eut pas
plutôt frappé l'oreille de Clotilde,
qu'elle se sentit prête à s'évanouir.
Pourquoi Caperel envoyait-il chez
Longpré, dont il n'était point l'homme
d'affaires? — Vous permettez, mesdames, dit le tabellion, que l'on entre?
Un signe d'approbation fut la réponse,
et on vit s'approcher un jeune homme
d'une figure très-agréable et qui parais-

sait bien né. Voici, dit-il, monsieur,
en s'adressant au père d'Agathe, une
lettre de monseigneur de Caperel, qui
vous instruira du sujet de mon voyage.
—Asseyez-vous, dit le maître du
logis au jeune homme, et il obéit.
Clotilde et Agathe portèrent involon-
tairement leurs regards sur lui; l'une
pour démêler quel intérêt le liait avec
Henri; l'autre par un attrait qu'elle
n'avait jamais connu jusqu'à ce moment, et qui semblait lui avoir créé
une nouvelle âme.

Longpré fut très-long-temps à lire
la lettre de Caperel; quand il l'eût
finie : Soyez le bien-venu, M. André;
je ne tromperai point la confiance de
monseigneur le Prévôt : vous serez
ici comme chez votre père; je vous
apprendrai ce qu'on doit savoir dans

mon état. — Ah! monsieur, dit André, quelle reconnaissance ne vous dois-je pas? Monseigneur le Prevôt m'avait bien dit que, d'après sa recommandation, vous voudriez bien me recevoir chez vous. Il vous apprend par sa lettre la cause de mon malheur; mais il ne vous dit pas sûrement avec quelle bonté il m'a secouru dans mon infortune, et d'une manière bien rare dans le pays qu'il habite; car je me suis trouvé enveloppé dans la cruelle disgrâce de monseigneur Enguerrand de Marigny, qui a, comme vous savez, été si injustement condamné à mort pour satisfaire la vengeance du comte de Valois; alors tous ceux qui lui étaient attachés furent dépouillés de ce qu'ils possédaient, et tellement désignés au peuple par les ennemis du surintendant, qu'ils furent obligés de se tenir cachés. Mon père était écuyer de monseigneur de Marigny, au moment de la mort de son malheureux maître. Il se déroba avec grande peine à la fureur du peuple, et m'emmena avec lui dans la maison d'un pauvre paysan de Vincennes, où il tomba malade de chagrin, plus encore de la perte de son protecteur que de celle de sa fortune, et mourut au bout de quinze jours. La douleur extrême que je ressentis de son trépas me laissa dans un état d'abattement si grand, que je ne tenais plus à la vie. Cette profonde tristesse, le changement subit du genre de vie auquel j'avais été accoutumé depuis mon enfance, me firent aussi tomber malade, et mon charitable hôte crut que j'allais re-

2 *

joindre mon père au tombeau; il se
désolait de ne pas être en état de me
faire traiter. Sa fille apportait du
fruit à Paris; c'est une belle et bonne
f.lle : elle en fournissait chez monseigneur le Prévôt. Longpré interrompit
André, et lui dit : Mais vous nous
cites que sir de Caperél est prevôt de
Paris, je n'en ai rien su , et depuis
quel temps? — Deux ans après son
retour de la campagne de Flandres.
— Ah! j'entends, en 1313. — A peu
près. — On ne l'a pas su ici. Conti-
nuez. — Cette bonne Jacqueline, qui
quelquefois voyait sir Henri en lui
portant du fruit, et qui savait qu'il
est aussi bon, aussi sensible qu'il est
beau (à ces mots, Clotilde détourna
la tête pour cacher son émotion); Jacqueline, sans m'en rien dire, mit ses
plus beaux habits, et alla à Paris

portant les meilleurs fruits qu'elle
pût trouver, et dit qu'elle voulait les
remettre elle-même à Monseigneur.
Le majordome en demanda la permission, l'obtint, et introduisit Jacqueline. Dès qu'elle fut seule avec le
Prevôt, elle lui peignit dans des termes
si touchans ma cruelle misère, que sir
de Caperel, qui avait été, comme tous
les honnêtes gens, indigné du meurtre
de monseigneur de Marigny, car,
quel autre nom donner au jugement
d'Enguerand? prit sans me connaître
intérêt à mon sort; et sans dire comme
tous les gens riches, passés, présens
et à venir : *S'il est si malheureux,*
que pourrait-on faire pour lui? il
promit à Jacqueline de s'occuper de
moi, et en attendant, lui donna
quatre pièces d'or pour parer au plus
pressant besoin. Jacqueline y pour-

vut avant de se rendre à Vincennes,
de manière à me rendre la vie. M. de
Caperel, non content de cette première marque de bonté, vint dès le
lendemain chez le père de Jacqueline, pénétra dans mon obscure retraite, que ses bienfaits avaient déjà
rendu bien autrement commode
qu'elle n'était auparavant; il entra
avec moi dans les plus grands détails
sur ce qu'il pourrait faire pour adoucir mon sort; plaignant celui du surintendant, plus encore celui des juges
qui l'avaient condamné. Est-il, disait
monseigneur Henri, de tourmens
comparables à ceux auxquels doit
être livrée la conscience d'un juge
prévaricateur, quand il se dit à lui-
même : J'ai fait conduire à l'échafaud
un innocent.... Me préserve le Ciel
d'un semblable malheur! Si je croyais

en être menacé, j'irais à l'instant remettre ma charge au Roi; mais, re-
prit-il, occupons-nous dans ce moment
de vos infortunes. Je vais recomman-
der à Jacqueline, qui est réellement
une bonne fille, d'avoir de vous un
soin particulier; puis, quand vous serez rétabli, je vous ferai partir pour
Arras; j'ai là des terres; je vous adres-
serai au plus honnête homme du canton, je le prierai de vous prendre en
pension chez lui; je la paierai jusqu'à ce que vous en sachiez assez
pour ne plus lui être à charge. J'aime
mieux vous envoyer chez lui que de
vous placer à Paris : l'esprit de vengeance, naturel dans un homme qui
a autant souffert que vous, pourrait
vous attirer de nouveaux malheurs;
là, au contraire, vous serez à l'abri
de toute malveillance. Je connais la

femme de celui à qui je vous adresse :
c'est une personne de mérite ; elle a
élevé une de mes parentes. Il ajouta
encore, elle a une fille qui doit être
jolie ; et André regardant Agathe, je
vois que monseigneur le Prévôt avait
conservé, Monsieur, un souvenir bien
exact de toute votre famille. Puis-je
espérer que vous voudrez bien seconder ses vues bienfaisantes à mon
égard ? — Je vous l'ai dit ; c'est une
chose faite, reprit le tabellion. J'honore sir Henri ; il est parent de madame, en montrant Clotilde ; je dois
tant à cette respectable famille, qu'il
n'y a rien que je ne fasse pour lui
marquer mon attachement : seulement, monsieur le Prévôt porte le
prix de la pension beaucoup trop haut ;
mais j'en conviendrai avec le régisseur
de Reuilly, sur lequel il l'assigne.

Radegonde, cela te convient-il ? —
Monsieur est bien jeune; mais (se
penchant à l'oreille de son mari),
comme notre fille ne demeure point
ici, il n'y a pas d'inconvénient. Agathe
entendit ce que sa mère disait ; elle
trouva aussi qu'il n'y avait pas d'inconvénient ; et dès le soir, André fut
de la famille. Il ne cessait de parler
de son bienfaiteur, de dire : C'est un
homme accompli, le Ciel a tout fait
pour lui ; il n'emploie sa fortune et la
faveur dont il jouit que pour rendre
service : tout ce qui est pauvre et
malheureux a des droits sacrés sur
son cœur. Il a, dans les affaires, la
prudence de l'âge mûr avec toutes les
grâces du sien. C'est le plus bel homme
de la Cour, aussi, toutes les dames
en sont folles.... Tout cela se disait
devant Clotilde Quel souvenir! quel

regret! pourquoi ne m'a-t-il pas aimée? mais tout à coup, jetant les yeux
sur ses enfans, elle se reprochait cette
pensée comme un crime.

Un moment après, les chasseurs
arrivent; André leur fut présenté. On
raconta de nouveau sa touchante his-
toire; on vanta la générosité de Caperel. Faustin, toujours porté à scru-
ter l'intention, eût voulu, pour que
l'action de Henri fût plus belle encore, que Jacqueline eût été vieille et
laide. — Eh, mon Dieu! dit de Venette, qu'importe par quel motif se
fait le bien! N'est-on pas encore trop
heureux quand les passions des gens
en place les portent à faire de bonnes
choses? il y en a tant qu'elles entraî-
nent à des crimes d'autant plus atroces
qu'ils sont secrets. Clotilde n'avait pas
fait attention à ce qu'André avait dit

de la beauté et de la jeunesse de Jacqueline. Elle sentit aussi que les agrémens de cette jeune fille ternissaient à ses yeux l'éclat de la bonne œuvre de Henri. Hélas! dit-elle, il a aimé madame de Fassigny, il aime Jacqueline, il aime toutes les femmes, excepté moi.... Eh! puis-je désirer son hommage? Ne serait-ce donc pas un malheur de plus? Ai-je donc oublié que je suis l'épouse du vertueux Fonfrède, la mère de ses enfans? et elle s'efforça d'éloigner toute autre idée. Mais de ce moment, néanmoins, la paix dont elle avait joui depuis qu'elle n'entendait plus parler de Caperel, s'éloigna d'elle.

Clotilde faisait chaque jour le projet de ne pas venir chez Longpré, et chaque jour elle brûlait de s'y trouver, pour entendre André parler de son bienfaiteur. Agathe, à qui la phrase d'André n'avait point échappé, aimait aussi beaucoup à venir chez ses parens : c'était une fille si tendre! d'ailleurs, sa mère était dans un état de langueur qui l'inquiétait. Radegonde, sans être malade, devenait souffrante; on la voyait dépérir chaque jour, sans autre raison que le dérangement de sa santé; car du reste, elle était très-heureuse. Les affaires de Longpré avaient prospéré. Ils vivaient dans une honnête aisance, considérés de tout le canton, et traités avec une grande distinction par M. de Champeaux, sa fille et son gendre. Madame Radegonde, qui d'abord avait été un peu opposée à ce que son mari prît André en pension, en était alors très-contente : il était doux, vif, intelligent, cherchait toutes les occasions

de lui plaire : on se doute bien par quel
motif ; Radegonde l'imaginait aussi ;
elle en parla à son mari, qui lui disait :
Nous verrons, nous verrons ; mais,
quand ils s'aimeraient et se convien-
draient, je ne marierai jamais ma
fille avant l'âge de vingt-quatre à
vingt-cinq ans. — C'est un peu tard,
mon ami. — Elle ne sera jamais si
heureuse qu'elle l'est. — J'en conviens ; mais je sens que je ne vivrai
pas encore long-temps, et je voudrais
la voir établie avant ma mort. — Tu
ne mourras pas ; quelle idée ! est-ce
qu'on meurt ? — Oui, sûrement, on
meurt, et souvent au moment où on
y songe le moins : pour moi, j'y pense
sans cesse ; et je te prie, mon ami,
quand je ne serai plus, de ne pas con-
trarier ma fille dans son choix, surtout si c'est André qu'elle aime. —

Nous verrons, nous verrons, fut toute sa réponse. Mais madame Longpré, qui désirait voir sa fille mariée, en parla à madame de Venette. Celle-ci, qui avait su que les jeunes gens s'aimaient, tâcha de persuader à Long-pré d'avancer l'instant qu'il avait fixé; elle ne put rien obtenir, et ils furent obligés d'attendre.

Ce fut vers ce temps que l'on s'empara d'une troupe de voleurs, parmi lesquels se trouva un des brigands qui avaient enlevé Albertine, croyant se saisir de Clotilde. Au moment où on le conduisait à l'échafaud, il demanda à faire une déclaration sur un autre délit. Il avoua qu'il faisait, depuis quinze ans, partie d'une troupe à la solde du baron de Loyac, qui leur avait enjoint d'enlever madame de Venette et de la lui amener à Francfort,

où il était retiré depuis son exil;
qu'ayant manqué leur coup, il fut
envoyé par ses camarades pour en
faire part au Baron, qui faillit le
tuer; cependant, comme il pouvait
avoir besoin de ce brigand, il le retint
à son service. Il y fut un an, aidant
Loyac à tromper les maris, les parens, et partageant toutes ses scélé-
ratesses en ce genre, quand tout à coup
M. de Loyac devint éperduement
amoureux d'une Baronne allemande,
dont le mari venait de mourir, femme
aussi vertueuse qu'intéressante par
ses qualités aimables. Il l'a épousée,
dit le condamné; et, entièrement
changé par le sentiment que son épouse
lui a inspiré, il m'a renvoyé comme
un meuble inutile; mais en me donnant une somme suffisante pour vivre
en honnête homme; il a plus fait, il

m'a remis mille écus pour les partager à la compagnie qu'il licenciait; je les leur ai remis très-fidèlement, mais les scélérats m'ont battu et pris ce qui m'appartenait en sus de ma part dans les trois mille francs. Alors, que vouliez-vous que je fisse? Je me suis vu forcé à me lier avec une autre bande, et je vais périr avec elle. — Et l'autre, qu'est-elle devenue? dit le juge. — Je l'ignore; je crois qu'elle s'est séparée. On plaignit le sort de cet homme, qui n'avait pu revenir dans le sentier de la vertu. On voulait demander sa grâce; mais il s'y opposa. J'aime mieux expier mes crimes que d'en commettre de nouveaux. Il mourut dans de grands sentimens de piété et de repentir. On parlait fort diversement de la conversion de Loyac. M. de Venette y croyait : Faustin

prétendait qu'un pareil homme ne
pouvait s'en tenir à un sentiment vertueux ; que quand même son amour
pour sa femme serait véritable, il
s'éteindrait à la première rencontre ;
et que jamais on ne pouvait espérer de
retour sincère d'un cœur corrompu,

CHAPITRE XVI.

DEPUIS le mariage de Clotilde, elle
n'avait presque jamais été à Champeaux : des souvenirs qu'elle redoutait, s'y présentaient trop vivement
à elle. Là, son cœur avait trop long-
temps pris l'habitude d'aimer Henri,
de l'y voir venir, de l'y attendre,
pour que chaque portion des jardins,
chaque pièce du château, ne le rappe-
lassent pas à son imagination. Comment, avec l'amour constant de ses
devoirs, Clotilde n'eût-elle pas fui
un séjour qui lui était si dangereux.
D'ailleurs, M. de Venette se plaisait à Arras, où il était adoré. On

n'allait donc à Champeaux que pour chasser, et rarement on y couchait. Monsieur de Champeaux, dont l'âge avancé ne lui permettait plus de s'occuper comme autrefois des travaux de la campagne, se trouvait aussi bien à la ville que dans l'antique demeure de ses pères, et y était plus à portée des secours de l'art que sa santé réclamait. Sa fille le voyait avec effroi approcher du terme fatal. Il avait toujours été pour elle l'ami le plus tendre; et l'affection qu'elle lui portait semblait la défendre contre tout ce qui l'eût éloignée du sentier de l'honneur. Le sir de Champeaux en avait une si haute idée, que la seule pensée que sa chère Clotilde eût été capable d'y manquer, l'eût fait mourir.

Clotilde a besoin de tout ce qui

Tome II. 5

peut la fortifier contre sa fatale passion : elle a besoin d'avoir dans son
père un témoin aussi redoutable, et
en même temps si tendre. L'idée
d'en être séparée est donc pour elle
un grand malheur. M. de Venette
aime son beau-père, autant pour les
vertus qui le distinguent, que pour la
reconnaissance qu'il lui doit de l'avoir
uni à Clotilde : il partage donc sincèrement les alarmes de cette tendre fille.
Cependant M. de Champeaux s'af-
faiblit de jour en jour : bientôt il ne
peut plus quitter son lit que ses enfans
entourent, comme pour empêcher la
mort d'en approcher. Le vieillard,
touché de leurs tendres soins, les
comble de bénédictions. Mes enfans,
disait-il à M. et à madame de Venette, le Ciel récompensera votre
piété filiale, et vos enfans vous ren-

dront ce que vous faites pour moi.
Hélas! ces vœux d'un père mourant
ne furent point exaucés : et la félicité
que ce bon vieillard appelait sur sa
fille chérie et sur son époux, ils n'en
jouiront que dans le séjour céleste.

Tout ce qui aimait Clotilde venait
à l'hôtel de Venette pour distraire son
père par une société aimable. André
n'était pas le moins assidu auprès du
malade, où il trouvait presque toujours Agathe. M. de Champeaux
aimait à lui parler de Caperel. On
sait qu'il avait du penchant pour lui.
Agathe n'avait pas le courage de détourner la conversation, toute dangereuse qu'elle fût pour sa chère
maîtresse; car depuis qu'elle devait au
Prevôt le bonheur d'aimer et d'être
payée de retour, elle avait un grand
plaisir à en entendre dire du bien.

Clotilde écoutait avidement tout ce qu'André racontait en faveur de son cousin. Il viendra, disait André, c'est son projet. Il veut faire rebâtir Reuilly dont il aime la situation; mais ce ne sera qu'après la mort de son père.—Il est fort âgé, reprenait M. de Champeaux, car il est mon aîné de trois à quatre ans. Nous avons fait nos premières armes ensemble, et nous irons de compagnie dans les demeures célestes. Nous avions toujours eu le projet d'unir nos enfans ; mais le caractère leger et indépendant de Henri s'y opposa. Ce n'est pas que j'aie rien à regretter. Sir de Venette est sans reproche, et rend Clotilde heureuse; mais c'était à cause de Champeaux, que je crains toujours qu'on ne dispute à ses enfans. Oh ! répondait André, ce n'est pas

monseigneur de Caperel qui serait capable d'intenter un procès injuste à
des parens qu'il honore ; car il m'a
parlé de vous, Seigneur, dans les termes les plus affectueux. Il n'a point,
me disait-il, oublié les bontés que vous
aviez pour lui dans sa jeunesse. Il
se souvient aussi de son aimable cousine ; et il m'a dit, lorsque je suis parti
de Paris, de vous assurer qu'il se faisait un plaisir de vous revoir , et de
lier connaissance avec M. de Venette.
Clotilde n'interrompait jamais ces conversations : qu'aurait-elle pu dire qui
n'eût trahi le secret de son cœur ? Elle
en parlait seulement avec Agathe, et
lui disait : Conçois-tu quelle est ma
malheureuse destinée ? je fais l'impossible pour oublier Henri ; je crois y
avoir réussi : il faut qu'il envoie chez
ton père un homme qu'il a si généreu-

sement obligé, qu'il serait ingrat s'il en parlait sans en faire l'éloge. Il faut que cet homme soit jeune, aimable, qu'il t'aime et te plaise, et qu'il soit toujours ici, parce que c'est un moyen de te voir. Pour ne pas l'entendre dire du bien de Caperel, il faudrait que je n'allasse pas dans la chambre de mon père, qui se plaît à en parler. Ah! Clotilde, que de maux cet amour te prépare! mais qu'elle était loin de penser tout ce qu'il lui coûterait! Un événement malheureux suspendit ces entretiens dont sa vertu s'alarmait.

La pauvre madame Longpré dont la santé, comme on sait, était languissante, tomba tout à coup très-malade. Sa fille demanda à madame de Venette la permission d'aller soigner sa mère; elle eût été la première à l'y engager, et elle partagea ses soins pour Radegonde,

autant que ceux qu'exigeait son père
le lui permettait. Longpré était dé-
sespéré, sa femme était de son âge ;
il avait toujours espéré passer avec
elle ses dernières années, et penser
qu'elle allait lui être enlevée lui causait une douleur qu'il ne voulait pas
qu'on cherchât à adoucir. Radegonde
voyait son affliction, et lui disait :
Mon cher ami, quand je serai morte,
tu marieras ta fille, cela te dissipera ;
tu auras près de toi ton gendre, leurs
enfans, ils te consoleront. Non, jamais, répondit-il. André passait
toutes les nuits auprès de la malade,
Agathe eût voulu veiller avec lui ;
mais madame Radegonde ne le permettait pas.—Va te reposer, disait-
elle à Agathe, puisque ce bon jeune
homme veut bien rester avec Marie ;
on t'appelerait si j'étais plus malade;

et Agathe se retirait; mais pour penser à André. Le matin celui - ci allait travailler dans l'étude , et ainsi ils se voyaient encore moins qu'au temps où ils n'habitaient pas le même toit. La maladie de madame Longpré ne dura pas plus de quinze jours. Le quatorzième, se sentant empirer, dans l'instant où M. et madame de Venette , M. et madame Faustin , étaient auprès de son lit , elle appela son mari qui était à l'autre extrémité de la chambre, où il pleurait ; il s'approche aussitôt, et Radegonde , prenant la main d'Agathe et d'André , dit à Longpré: Je vous conjure, mon ami , de marier ces enfans-là le plus tôt possible. Ils s'aiment, se conviennent , la dot d'Agathe est comptée : qu'attendez-vous pour les rendre heureux ? le bonheur est une chose si

fugitive qu'il faut le saisir. — Que
parle - tu de mariage quand nous
tremblons pour tes jours. — Je sais
que la satisfaction de les voir unis
m'est refusée ; mais au moins promets, en présence de ces respectables
Seigneurs et de leurs dames, qu'avant
deux mois ils seront l'un à l'autre.—
Je promets de les marier ; mais dans
deux mois le terme est trop court, avant
six , tu peux en être certaine, et c'est
deux ans et demi plus tôt que je ne
l'aurais voulu. Vous l'entendez, mesdames, avant six mois ma fille sera à
André. — O ma mère! disait Agathe, quelle fête d'hymen que celle où
ma mère n'assisterait pas. Que le Ciel
me rende ma mère, et je ne lui demande que ce bien! Sa mère fut at-
tendrie de ses sentimens, la bénit, et
la recommanda en particulier à Clo-

tilde. Celle-ci, qui avait toujours re-
gardée Radegonde comme sa mère,
était profondément affectée. Il lui paraissait que la mort de cette digne
femme n'était que le prélude de maux
plus grands dont elle était menacée.
Elle demanda à M. de Venette de lui
permettre de passer la nuit auprès
de sa nourrice. Il y consentit, et
madame Faustin ne la quitta pas.
Toutes les heures de cette triste nuit
s'écoulèrent avec la crainte trop fondée que ce ne fût la dernière de Radegonde. Au lever de l'aurore elle
reçut le gage de l'immortalité, et ayant
fait les vœux les plus ardens pour sa
chère élève, embrassé son mari, sa
fille et André, qu'elle appela son fils,
elle expira dans leurs bras. Agathe
et Longpré ne pouvaient s'arracher
de sa froide dépouille. Cependant

madame de Venette parvint à les dé-
terminer à la suivre à Arras, où ils
furent reçus, par M. de Venette,
comme des parens. M. de Champeaux fut sensible à la mort de Radegonde qu'il estimait, et dont les
vertus avaient développées celles de
sa fille. Longpré passa quelques jours
chez ses bienfaiteurs ; mais les affaires
dont il était chargé, et qu'André ne
pouvait pas conduire seul, le forcèrent
à retourner chez lui, et il obtint de
madame de Venette qu'elle lui rendît
sa fille. Ce fut pour elle un bien grand
sacrifice ; mais convaincue que le
vieux Longpré ne pouvait se passer
des soins d'Agathe, elle exigea d'elle
qu'elle suivît son père. On se doute
bien que cet ordre n'aurait eu rien de
pénible pour elle, s'il n'avait pas fallu
se séparer de Clotilde qu'elle n'avait

jamais quittée un instant jusqu'à celui
de la maladie de sa mère. Madame
de Venette fut très-affectée de cette
séparation, et fit promettre à Agathe
de venir au moins deux fois par semaine dîner avec elle ; car elle ne se
flattait pas de pouvoir s'absenter souvent d'Arras. L'état de son père devenait de jour en jour plus alarmant.
Clotilde ne put retenir ses larmes
quand elle vit la compagne de son
enfance prête à s'éloigner d'elle. Agathe en fut très - touchée , et surtout
quand Clotilde lui dit : Tu vas jouir
sans mélange du plus grand bien. Tu
vas passer tes jours auprès de celui que
tu aimes , et dont tu es aimée à l'ido-
lâtrie ; un lien légitime vous unira,
et moi tu me laisses en proie aux regrets, aux craintes, aux reproches de
ma conscience. Ah! quelle différence

dans notre sort, et combien je perds
plus que toi par cet éloignement.
Agathe lui dit qu'elle ne la quitterait
pas, qu'elle allait le dire à son père.—
Non, non, reprit Clotilde, avec un
sourire mélancolique : si j'étais libre,
et que je pusse, en me séparant de
toi, habiter sous le même toit que
Henri, je n'hésiterais pas. Agathe
rougit, pressa sa sœur de lait dans
ses bras, versa des larmes, et partit.

CHAPITRE XVII.

L'ÉTAT de marasme où était M. de Champeaux dura tout l'hiver; il croyait encore qu'au printemps il serait en état d'être transporté à Champeaux. Je veux revoir, disait-il, les arbres que j'ai plantés, avant que la terre couvre mon corps, presque aussi glacé par l'âge qu'il le sera par la mort. Et comme Clotilde retenait avec peine ses larmes, il lui disait : De quoi t'affliges-tu ? Quelle mort peut être plus douce que la mienne ? J'ai atteint le terme de la vie humaine; dans quelques mois j'aurai quatre-vingts ans; je te laisse unie au plus digne des hommes; je vois tes

enfans qui annoncent les plus heureuses
dispositions; la mort de vieillesse n'a
rien de cruel pour celui qui n'a point
de reproche à se faire : c'est le sommeil d'un voyageur qui, au bout d'une
longue route, est arrivé au terme; elle
est sans agonie et sans douleur : ainsi
expira mon père dans mes bras.

Clotilde ne pouvait recevoir de semblables consolations; son cœur, avide
d'aimer, ne pouvait consentir volon-
tairement à être privé d'un des objets
de ses affections; et lorsque tout ce
qui approchait du vieillard mourant ne
lui comptait plus que quelques jours,
elle se flattait que le retour de la belle
saison le ranimerait. Fonfrède, qui
n'avait pas la même espérance, avait
donné des ordres secrets pour qu'on
réparât Champeaux, et qu'on meu-
blât ; avec toute la magnificence que

ce temps comportait, l'appartement destiné à madame de Venette ; car il comptait l'emmener à sa terre aussitôt la mort de sir de Champeaux, n'imaginant pas qu'elle eût là de souvenirs plus pénibles que ceux dont il voulait la préserver. Le Ciel, qui voulait récompenser la conduite irréprochable de sir de Champeaux, en l'attirant à lui avant que des malheurs inouis ne frappassent sa fille et son gendre, marqua la fin de sa longue et honorable carrière. Comme il l'avait dit, ce passage de la vie à la mort fut à peine sensible. Sa fille était près de lui, plongée dans la plus profonde douleur, en voyant son père s'affaiblir d'heure en heure ; Agathe partageait sa peine ; Paul cherchait à les consoler. Severin, penché sur le lit de son aïeul, lui disait : Ne nous quittes

pas ; tu vois comme maman pleure.
Le curé , qui avait , autant qu'il est
possible aux mortels de l'avoir , la certitude qu'Edmond était attendu dans
le Ciel par le saint Roi qu'il avait si
fidèlement servi , ne lui parlait que
des biens dont il allait jouir. Fonfrède,
Longpré, dont ce spectacle renouvelle
la douleur, André, interrogent le médecin, qui ne leur laisse aucune espérance. Le vieillard jette un regard
attendri sur sa fille; ses lèvres s'entr'ouvrent pour la bénir encore, quand
tout à coup sa langue glacée ne peut
plus articuler ce nom chéri; il lui tend
la main ; Clotilde y colle ses lèvres ;
un soupir s'échappe de la poitrine du
vieillard, et il n'est plus !... Sa fille
s'évanouit dans les bras de son amie;
on en profite pour l'enlever de cette
chambre, où il ne reste que le corps

inanimé de celui qu'elle a tant aimé.
On prépare sa litière , on l'y place ;
Agathe et ses enfans y sont avec elle ;
en reprenant ses sens, elle se voit
sur la route de Champeaux , et ne
peut douter qu'elle a perdu pour jamais un père adoré. Elle eût voulu
rester près de lui jusqu'au moment où
il serait conduit dans la sépulture de
ses pères ; elle n'eût pas voulu retourner à Champeaux ; mais elle n'a point
été consultée. Il faut qu'elle suive les
volontés de son époux, qui est resté à
Arras pour faire rendre à son beau-
père les derniers honneurs dont la
pompe la plus touchante fut le nombre
des pauvres qui accompagnèrent son
convoi jusqu'à la cathédrale , où les
seigneurs de Champeaux avaient droit
d'être enterrés. Ces tristes cérémonies
achevées, M. de Venette , ses amis

Longpré et André se rendirent à
Champeaux, dont ils trouvèrent la
dame livrée encore à une grande douleur ; mais sensible néanmoins à l'attention que son époux avait eu de faire
changer les distributions du château,
qui lui eussent rappelé trop vivement
un père qui, dans ce lieu, lui avait
donné tant de témoignages d'amour.
En détruisant les distributions inté-
rieures, Venette ne savait pas qu'il
avait aussi anéanti les traces que
l'amour avait laissées dans ces lieux
où Henri, malgré la différence de son
âge avec celui de Clotilde, avait par-
tagé avec elle les doux amusemens de
l'enfance. Lorsque Clotilde put penser à autre chose qu'à la perte qu'elle
venait de faire, elle le remarqua
douloureusement, et dit à Agathe:
Je ne verrai plus le chiffre qu'il traça

sur le marbre qui revêtissait la galerie ; on l'a ôté en la distribuant , pour en faire mon appartement : tant mieux ! je craignais de le revoir. La pauvrette ! elle ne l'y voit plus ; mais elle se souvient qu'il étoit là, elle s'en souvient et ne l'oubliera pas. Elle cherche si dans la nouvelle galerie on n'a pas replacé ce marbre. Ah ! le voilà, Agathe ; vois-tu ces lettres initiales de nos noms ? Quand il les traçait, il n'en faisait qu'un jeu, et moi... et elle se mit à pleurer. Il en était de même de tous les monumens d'un sentiment qui devait faire le malheur de toute la vie de Clotilde.

Néanmoins, elle fut si touchée de toute la tendresse que lui témoignait son époux dans cette douloureuse circonstance, que son affection pour lui s'en accrut ; ce n'était toujours que de l'amitié, mais elle était très-vive. Ses

enfans devenaient si aimables; Agathe
lui parlait avec tant de raison de Henri,
lui faisait si bien voir qu'elle devait
l'oublier, qu'elle crut qu'elle y par-
viendrait, et que son attachement pour
le sir de Venette suffirait enfin à son
cœur aimant; et tandis qu'elle passe à
Champeaux les derniers instans de
paix qui lui soient réservés, allons à
Paris pour y voir quelle était l'existence de Henri à la Cour.

CHAPITRE XVIII.

CAPEREL s'était couvert de gloire
pendant la campagne de Flandres ; et
revenu à la Cour, le Roi lui donna,
comme on le sait, une compagnie
de cent hommes d'armes. Ce fut alors
qu'il appela son père près de lui ; ce
qui le mit à même de tenir une maison ; car le respect que les cheveux
blancs d'Alexis inspiraient, ôtait tout
prétexte à la médisance sur les jeunes
femmes qui venaient chez Henri,
dont la table somptueuse et les assem-
blées brillantes devenaient de jour en
jour plus célèbres. Le Roi même l'ho-
nora quelquefois de son auguste pré-

sence; et le vieux Caperel était ravi
lorsqu'il voyait à table chez son fils
l'illustre descendant de Saint-Louis,
dont, comme vous savez, le sir de
Caperel avait été page. Philippe le
traitait avec une extrême bonté; et
si la vertu de la Reine n'eût été hors
d'atteinte, on eût pu croire que le bel
Henri avait inspiré à cette princesse
un sentiment dont sa gloire eût été
blessée. Mais, s'il n'eut pas une si
haute faveur, combien de belles qui,
pour n'être pas reine, n'en étaient
pas moins de fort grandes dames, et
surtout de très-jolies personnes, tom-
bèrent dans ses lacets. Le Roi, qui
n'ignorait pas ses conquêtes, voulut
y mettre un terme: le Prévôt de Paris
de ce temps, avait une fille fort aimable et qui devait avoir une fortune
considérable. Le Roi, pensant qu'en

la mariant avec Caperel, le Prévôt
donnerait à son gendre la survivance
de la charge, et que Henri renoncerait
à la vie licencieuse qu'il menait, et
serait alors un homme parfait, car on
ne pouvait l'accuser que de scéléra-
tesse en amour. La jeune Aline avait
vu plusieurs fois Henri, et son cœur
l'avait remarqué parmi tous les cour-
tisans; et lorsque son père lui eût fait
part des volontés du Roi, elle l'assura
de toute son obéissance. Caperel ignorait les projets de Sa Majesté, et ne
fut pas peu surpris, lorsque Philippe
lui en fit part. Il eut cependant une
grande joie d'avoir l'assurance de la
charge de Prévôt de Paris, qui était
alors très-importante, et il parut
consentir à tout ce que le Roi exigeait; il alla demander Aline en mariage : le père la lui accorda, et les

noces furent remises au printemps
suivant.

Caperel ne voulait en aucune manière l'exécution de cette promesse;
mais il se flattait que le Ciel, qui lui
avait été jusque-là si propice, lui
susciterait un moyen d'échapper aux
liens qui lui étaient préparés, et pour
lesquels son éloignement était toujours
le même; mais voyant le terme approcher, il désespérait de sa fortune,
lorsqu'il rencontra un de ces hommes
dont la bassesse de l'âme semble les
rendre capables de tout entreprendre
dès qu'il y a le moindre gain à espérer.

On se rappelle ces gens qui étaient
aux gages de Loyac, et qu'il licencia
au moment de son mariage. Parmi
ceux-là, il y avait un nommé Sylvestre, qui n'avait alors que seize à

dix-huit ans; il eut sa part de la somme
que le Baron avait envoyé à sa troupe
en les remerciant de leur service.
Notre homme se servit de cet argent
pour venir à Paris, et entra comme
clerc chez le Prevôt, père d'Aline. Une
figure noble, une taille très-élevée,
beaucoup d'esprit de celui qui tient à
la ruse et au mensonge, sachant lire,
écrire; car, avant de se lier avec les
brigands, il avait été chez un curé,
près de Rheims, qui l'avait instruit,
comptant qu'il prendrait l'état ecclé-
siastique; enfin Sylvestre eut été un
homme propre à tout, s'il eût eu
une meilleure conduite. Cet homme
convint au Prevôt; il se l'attacha, le
comblà de bonté; mais ne put en faire
un être reconnaissant et fidèle, parce
qu'il n'en fut jamais d'aussi profondément scélérat que Sylvestre, Celui-ci

sachant que la charge de son maître va passer à Henri, s'étudia à faire sa cour au dernier, et réussit bientôt à obtenir sa confiance. Il sut que Caperel aimait beaucoup la charge et fort peu la fille; il lui proposa de chercher un moyen pour qu'il eut l'une sans l'autre : Henri lui promit cent pièces d'or s'il réussissait. En fallait-il autant pour que le génie infernal de Sylvestre s'exerçât et réussît ? Il sut de Henri, que sa mère l'avait voué à St.-Bernard; que c'était ce qui l'avait préservé dans sa jeunesse du malheur d'être enchaîné par les lois de l'hymen à une sienne cousine fort jolie, à ce que l'on disait; mais qui ne pouvait alors lui paraître telle, puisqu'elle lui eût fait perdre sa liberté. Sylvestre, qui connaissait Clotilde et avait été un de ceux qui devaient l'enlever le jour de son mariage, trouva que Henri était bien dégoûté. — J'aurais toujours épousé à votre place, Monseigneur, quitte à la laisser là si elle eût cessé de me plaire. — Tu la connais donc ? — Oh! Monseigneur, comme moi-même; et alors il lui raconta tout ce que l'on sait de Loyac, de Venette et de sir de Champeaux. — Nous voilà, reprit Henri, bien en pays de connaissance. Tu as été à bonne école sous le Baron; cependant, je te préviens que je n'ai point les mêmes principes que lui, ou plutôt que j'ai des principes, et que lui n'en a pas. J'aime, j'idolâtre ce sexe enchanteur, qui pour nous couvre de fleurs le chemin de la vie; mais je ne veux point, comme Loyac, ne lui laisser que les épines ; au contraire, je veux lui procurer toute la félicité qui dépend de

moi, et les larmes que l'on fait verser
à la beauté ne doivent jamais être que
celles de la douce volupté. Sache donc
me préserver des chaînes que l'on me
prépare; mais que ce soit sans affliger
l'aimable Aline. — Sans l'affliger me
paraît difficile si elle vous aime; mais
enfin sans lui faire aucun mal, et de
manière que ce soit elle qui vous prie
de ne pas l'épouser; mais il faut vous
faire donner la charge par un dédit
avant le mariage. Henri s'était fait ex-
pliquer le plan de Sylvestre; il le
trouva très-bon.

Il fit si bien près du Roi, en parais-
sant douter de la foi du père d'Aline,
que Sa Majesté lui déclara en plein
conseil que si, par des circonstances
imprévues, il ne donnait pas sa fille à
Henri, celui-ci n'en aurait pas moins la
charge; et Philippe exigea que l'accord

fût signé dans ces mêmes termes.
Quand Sylvestre fut certain qu'il n'y
avait plus à craindre que Henri ne fût
pas Prevôt, il prépara la machine qu'il
voulait faire jouer pour forcer le père
d'Aline à retirer la parole qu'il avait
donnée. Sylvestre avait un ami qui ne
valait pas mieux que lui : il se nommait Landri. Il avait aussi été de la
bande, et était venu de Meaux à Paris pour y faire fortune ; mais comme
il était très-ignorant, il fut trop heureux que son ancien camarade le fît
placer dans le guet de Paris, ce qui
lui donnait entrée chez le Prevôt.
Comme il était d'une assez jolie figure,
il inspira un sentiment très-tendre à
une des femmes qui servaient chez le
père d'Aline. Sylvestre leur fit part
de son plan, leur promit une forte
récompense, dont Henri l'autorisa à

payer une partie d'avance. Alors, ces
trois malignes bêtes s'entendirent si
bien qu'elles parvinrent à leur but.

Landri s'habilla d'une robe de ber-
nardin, qu'il se fit prêter par un frère
de l'ordre moyennant une pièce d'or.
Il se cacha ensuite dans la cheminée,
et par le moyen d'un tuyau qui passait au travers du mur, il fit entendre
une voix qui semblait venir du Ciel,
et qui, au moment où Aline venait
de s'endormir, prononça ces mots:

*Insensée ! vous voulez m'enlever
celui qui m'a été donné dès le sein
de sa mère ; sachez que si vous le
faites manquer à ses vœux, vous
mourrez la première nuit de vos
noces.*

Dès l'instant que le son de cette
voix frappa l'oreille d'Aline, elle fut
saisie d'une extrême frayeur; elle ap-

pela Fanchette, et lui demanda si elle
entendait. — Mon Dieu! oui, mademoiselle; mais écoutez. La voix ré-
péta les mêmes paroles, et quand elle
eut prononcé le redoutable arrêt,
Aline s'écria: O! qui que vous soyez,
recevez la promesse que je vous fais
de ne point vous enlever sir de Caperel. — Je la reçois, reprit la voix. A
cet instant la chambre fut remplie
d'une lumière éclatante, et elle vit
distinctement St.-Bernard, qui baissa
la tête en signe d'approbation et dis-
parut, parce qu'à ce moment la
chambre cessa d'être éclairée.

Nos deux coquins allèrent jouer la
même scène dans l'appartement du
vieux Prevôt, le plus superstitieux
quoique le plus brave des chevaliers
de la Cour de Philippe. Il n'eut aucun
doute sur cette apparition, et vint

dès le matin en faire part à sa fille
qui l'assura qu'elle en avait eue une
pareille. Je perdrai ma charge, dit le
père d'Aline, mais je l'aime mille fois
mieux que de perdre ma fille. Dès
le même jour il fut trouver le Roi,
lui rendit compte de sa vision et de
celle de sa fille, et le pria de donner
sa charge à Caperel; mais de le laisser
libre de disposer d'Aline. Le Roi envoya chercher Henri : il parut déses-
péré d'être obligé de renoncer à la
main de sa prétendue; mais convint
qu'en effet sa mère avait fait un vœu
dont il avait cru que les ordres du Roi
le dispenseraient. Il raconta avec beaucoup de grâce les differentes apparitions du grand St.-Bernard à M. de
Caperel. Le Roi, qui tenait beaucoup
à tout ce qui était merveilleux, assura
que pour rien au monde il ne vou-

drait aller contre les volontés célestes;
qu'il ne voyait qu'un moyen de tout
concilier, qu'il donnerait la compagnie
de Caperel à celui qui épouscrait
Aline, en échange de la charge de
Prévôt, dont il désirait que Henri
fût mis en possession. Ainsi, par la
bonté du Roi, tout fut concilié, et il
n'y eut qu'Aline qui regrettait Caperel; elle disait à Fanchette : C'est bien
dommage que madame Caperel ait
promis à St.-Bernard qu'un si beau
jeûne homme ne se marierait jamais;
ce qui me console, c'est qu'il n'en
épousera pas d'autre. Fanchette, qui
savait comment tout s'était passé,
riait de la simplicité de son maître
et de sa maîtresse, qui fut mariée peu
de temps après. Elle se trouva à un
bal où était sir de Caperel; et ceux
qui veulent toujours voir le mal où

il n'est pas, prétendent que, malgré
les apparitions, Aline, comme madame de Fassigny, oublia que le bel
Henri appartenait à Dieu, et qu'elle,
elle appartenait à son mari ; mais je
ne crois pas légèrement la médisance,
d'autant plus que ces Mémoires assu-
rent que, dès que Henri fut Prevôt
de Paris, il mit beaucoup de régularité dans ses mœurs, et qu'il rendait la justice avec la plus sévère
probité, ne se laissant influencer ni
par les grands ni par les belles. On
était tout étonné de voir un homme
qui jusque-là avait mené une vie
si voluptueuse, se conduire avec autant de sagesse. Sylvestre, qui avait
compté sur des profits considérables,
trouvait un grand mécompte. Il s'en
plaignit à Landri, qui lui disait :
Nous sommes nés malheureux. Qui

aurait cru que monseigneur de Caperel serait un juge intègre? Encore,
si nous avions quelques apparitions à
faire; mais non, ni intrigues amou-
reuses, ni coupables à sauver. En
vérité, il est impossible de vivre; nous
ne pouvons rien amasser pour le
temps de la vieillesse. — Bon! est-ce
que des hommes comme nous vieil-
lissent? — Tout comme d'autres; le
terme n'est-il pas fixé? mais tiens,
écoute : si sir de Caperel ne nous
donne rien à faire, j'irai retrouver le
baron de Loyac; voilà bientôt le temps
de son exil qui finit. Si je m'en souviens bien, voilà près de sept ans qu'il
est parti : j'ai vingt-cinq ans et je n'en
avais que dix-huit. — Oh! pour moi
je n'ai jamais aimé le Baron, et je
préfère gagner peu avec sir Henri à
rouler sur l'or et l'argent avec Gen-

dulphe ; c'est une âme atroce ; et en
vérité, j'ai le cœur trop tendre pour
être brigand. —Oh! oui, j'en ai toujours été persuadé ; témoin ce fermier
qne tu as pensé étrangler. — Ne me
parles pas de cela ; tu ne sais pas combien toutes ces mauvaises actions me
tourmentent ; j'ai des remords. — Il
n'y a que les sots qui en aient. — Dis
que les scélérats seuls n'en ont point.
— Soit.

On me demandera peut-être pourquoi Henri gardait ces hommes près
de lui? Parce qu'ils lui servaient à
découvrir des trames secrètes, et faisaient enfin l'utile et infâme métier
d'espions. D'ailleurs, il leur avait l'o-
bligation de n'avoir pas épousé Aline,
et c'en était une grande pour lui qui,
comme on sait, chérissait la liberté
plus que la vie.

CHAPITRE XIX.

Alexis n'était plus que l'ombre de lui-même; l'âge, sans avoir détruit son existence physique, avait anéanti en lui toute puissance morale. Son fils ne lui en rendait pas moins les respects qu'il lui devait; mais il ne retrouvait plus en lui l'ami tendre qui avait rendu sa jeunesse si heureuse! Qu'il est cruel de se survivre! La vie d'Alexis n'était plus bonne aux autres, et lui était très à charge, parce qu'il souffrait affreusement. Ce qui l'affligeait le plus, c'était de ne point avoir eu d'enfant de son fils: malgré que sa raison fût presque éteinte, ce chagrin

ne le quittait pas ; et pour satisfaire
sa fantaisie sur ce point, Caperel
avait eu la complaisance de faire venir de jeunes enfans du voisinage,
qu'on habillait magnifiquement, et
auxquels on avait recommandé d'appeler le vieillard du nom de père ;
alors il était enchanté, il les embrassait, et disait : Je savais bien que
Henri épouserait Clotilde, et qu'elle
en aurait de beaux enfans ; mais où
est-elle ma chère Clotilde, ma fille,
que je l'embrasse ? et il prenait la première femme venue qu'on lui présentait pour elle ; il l'embrassait en lui
recommandant le bonheur de son fils.
Ce fut dans cette aliénation d'esprit,
que le sir Alexis de Caperel termina
sa vie, sans se douter qu'elle finissait.
Il avait été bon fils, bon époux,
bon père, avait servi ses Rois avec

autant de fidélité que de zèle, n'avait
fait de tort à personne, ni dans leur
honneur ni dans leurs biens; ainsi, il
n'y avait pas de doute qu'il serait reçu
dans le séjour du bonheur, et qu'il
veillerait sur son fils. Celui-ci donna
des larmes sincères à la mort de son
père; mais il fut forcé de convenir
qu'il avait bien moins de raison de s'en
affliger que dans toute autre position,
puisqu'on pouvait dire à juste titre,
que depuis six mois sir Alexis n'exis-
tait plus. On n'en mit pas moins toute
la pompe que l'orgueil réclame, pour
le conduire à son dernier asile; et
quand ces tristes devoirs furent rem-
plis, sir Henri demanda au Roi un
congé pour aller prendre possession
de ses terres situées dans le comté
d'Artois. Le Roi le lui accorda, en
l'engageant à être le moins de temps

possible, parce qu'il aimait à l'avoir
près de lui ; la Reine lui dit aussi des
choses pleines de bonté. Il partit, laissant Sylvestre et Landri à Paris, et
n'emmenant qu'Antoine, qui était
d'Arras, où il avait servi madame
Bernard.

Avant que Henri arrive dans ce
pays, reprenons quelques événemens que nous n'avons fait qu'indiquer. Sylvestre n'avait que trop bien
compté les années d'exil de Loyac;
elles étaient expirées, et le Baron
n'était pas resté en pays étranger deux
jours de plus que les sept années que
le Roi avait fixées à son éloignement
du royaume. Il ramena dans son château la Baronne et deux enfans qui
faisaient l'unique consolation de cette
intéressante et malheureuse femme;

car, comme Faustin l'avait bien prévu,
elle n'eut très-promptement, après son
mariage , qu'à pleurer le jour où
elle s'était unie au plus méchant des
hommes. La Baronne trouva son habitation bien triste; elle voulut se lier
avec quelques personnes du voisinage;
et ayant entendu parler du château de
Champeaux comme l'un des plus
agréables du canton , elle demanda à
son mari d'y aller.— Je le veux bien ,
dit Gendulphe; mais je vous préviens
que ce sont des gens parfaitement en-
nuyeux. La petite femme est prude et
bégueule; le mari est un sot. Il y a là
un chevalier Faustin qui n'a pas le
sens commun; sa femme est assez jolie,
j'ai pu en juger, car je l'ai vu hier à
Arras, mais c'est bien peu de chose :
cela n'empêche pas qu'on ne se voie.

Tout ce que Loyac avait dit de la famille de Venette, seulement pour cacher les projets qu'il nourrissait toujours contre l'honneur de Clotilde et le
repos de Venette, ne paraissait pas
prouvé à sa femme; mais que seulement il avait eu quelques torts envers
eux, et sans savoir lequel, elle se dé-
cida à aller dès le même jour à Champeaux avec ses enfans. M. de Venette
la reçut à merveille, et s'intéressa infiniment à son sort; car il était aisé de
voir qu'elle n'était pas heureuse. Clotilde, qui ne voulait point aller à Loyac,
pria la Baronne de l'excuser si elle ne
lui rendait pas sa visite, mais que le
grand deuil qu'elle portait encore ne
lui permettait pas de sortir de chez
elle. Madame de Loyac vit bien que
c'était une excuse, et ne revint pas
une seconde fois, mais avec regret;

car elle porta bien un autre jugement
que son mari sur cette intéressante famille, qui lui parut mériter l'estime et
l'amitié de tous ceux qu'elle voulait
bien admettre dans son intimité.

CHAPITRE XX.

Sir de Caperel ne s'arrêta pas à
Arras, et se rendit droit à Reuilli. Il
y avait près de six ans qu'il n'avait vu
cet antique château où il avait passé
les douces années de son enfance. Il
n'en avait gardé qu'un faible souvenir;
il lui parut encore plus affreux qu'il
ne le croyait; aussi, dit-il à son régisseur : je voulais le réparer; mais je re-
viens à mon premier plan, il faut
l'abattre. Vous ferez venir dès demain
un architecte; pendant que je suis dans
ce pays, je veux arrêter les plans du
nouveau château que je veux cons-
truire; il faut que ce soit un des plus

beaux de la province , comme je suis
le plus riche des gentilshommes de ce
comté. Le régisseur trouva que Monseigneur avait raison. Il demanda si la
chasse était bien conservée; les gardes
l'en assurèrent, et il donna ordre que
l'équipage fût prêt pour le lendemain.
On lui servit à souper , il se coucha et
recommanda à Antoine de le réveiller
de bonne heure, et cet homme disait
en s'en allant : Qu'ils sont donc drôles
ces gens riches; ils n'ont besoin de
rien; ils pourraient vivre tout douce-
ment, boire, manger, dormir : pas du
tout, il faut qu'ils se tourmentent pour
s'amuser. Arrivé ce soir bien fatigué,
il ne peut se donner un jour ou deux
de repos, et à moi aussi! Eh bien!
dès l'aube du jour il faudra le réveiller : c'est bien dit, le réveiller; il
faudrait l'être, et sûrement je ne le

serai pas. Il se coucha avec la ferme
résolution de ne pas se lever avant neuf
heures du matin.

Il n'avait pas ouvert les yeux, et il
faisait grand jour quand on vint le réveiller, malgré ses projets de dormir
la grasse matinée. — Que me voulez-
vous, disait-il au barbare qui troublait
son sommeil ? — C'est M. André qui
demande à parler à Monseigneur. —
Que M. André aille se promener s'il
veut, et qu'il me laisse dormir.—Vous
dormirez après; allez toujours dire à
Monseigneur que M. André est là.
— Ah ! je le vois bien, il faut que je
me lève; et s'habillant avec la lenteur
d'un valet qu'on réveille, il sortit enfin
de sa chambre et trouva André qui
l'attendait.—Que voulez-vous, monsieur? — Parler à Monseigneur.—Il
dort et moi aussi; votre nom ? —

André. Antoine passa chez le Prevôt.
Quand Henri sut qu'André était là,
il donna ordre qu'on le fît entrer. Dès
qu'il le fut, il lui tendit la main de
la manière la plus affectueuse. Ah!
je suis enchanté de vous voir; êtes-
vous content? — On ne peut l'être
plus; chaque jour ajoute à mon bonheur et à ma reconnaissance envers
vous, Monseigneur. — Qui vous a dit
que j'étais arrivé? — Je l'ai appris ce
matin par un homme qui avait su que
Monseigneur avait traversé hier la
ville. — Est-il tard? — Huit heures;
vos gardes vous attendent. — Dites-
leur que je ne chasserai pas aujour-
d'hui. Qu'on serve à déjeûner; et passant un habit, il se mit à table avec
André, qui était charmé de son affabi-
lité. Eh bien! dites-moi donc, mon
cher André, comment vont les amours?

où en êtes-vous avec Cécile, Agathe,
je ne me souviens pas de leur nom. —
Agathe! j'ai été assez heureux pour
lui plaire; mais je ne pourrai l'épouser que dans trois ans. — Et pourquoi
cela? — Parce que c'est la volonté de
M. Longpré. — Voilà qui est bien, je
lui parlerai.—Ah! Monseigneur, cela
ne servirait à rien; le Roi lui parlerait,
que cela serait tout de même; il a
résolu que sa fille ne se mariera pas
avant vingt-cinq ans, et il ne la marierait pas à vingt-quatre ans et onze
mois, malgré la promesse qu'il avait
faite à sa femme mourante de nous
unir dans six mois; mais je suis chez
chez lui, et Agathe y est. — Le pauvre
garçon! elle doit être jolie. — Charmante. — Et sa sœur de lait, madame
de Venette?—Belle à ravir, et encore
plus vertueuse, plus aimable : c'est

un ange sous la figure d'une femme.
— Et son mari est sûrement jaloux?
—De qui pourrait-il l'être? sa femme
ne voit que les amis de M. de Venette
et les dames du voisinage ; elle n'est
occupée que d'élever ses enfans et de
rendre son époux heureux. — Et elle
est réellement belle? — Je ne crois pas
qu'il soit possible de l'être davantage.
—Elle le promettait ; mais, je ne sais,
dans ce temps-là j'aimais cette pauvre
madame de Fassigny, dont le mari est
mort si malheureusement. Dieu veuille
lui donner paix et repos ! Vous ne bu-
vez pas, André, le vin est bon. —
Excellent; mais il ne faut pas perdre la
raison. — Ah! c'est si doux quelquefois; je l'avoue, je suis l'homme le plus
heureux de France : Eh bien! je m'en-
nuie, j'ai essayé de tout, et rien n'a
rempli l'idée que je me fais du bonheur.

Il me faudrait une grande passion pour occuper cette activité extrême que j'ai reçue de la nature. J'avoue, par exemple, que je vous admire : vivre sans cesse près d'une femme que vous aimez passionnément, dites-vous, et ne rien demander de plus ! — Je ne demande pas, parce que je n'obtiendrais rien, et que je serais au désespoir d'obtenir. — Ah ! je conçois, voulant épouser, cela vous convient ; vous trouvez l'étude, la dot, la femme, tout cela ensemble ; mais moi, ce n'est pas cela que je veux. Je souhaiterais pouvoir adorer une étoile, rencontrer des rigueurs ; cela doit tellement occuper l'imagination ; on ne doit pas avoir un moment de vide dans le jour, et la nuit, cette image chérie se présente à vous pour embellir vos songes. — Eh bien ! Monseigneur, il faut que vous

voyez votre belle cousine, car je vous
crois parent de madame de Venette.—
Oui, au septième ou huitième dégré;
mais n'importe! —Et vous verrez que
vous l'aimerez, qu'elle ne vous accor-
dera pas la plus légère faveur. — Vous
croyez, mon cher André : ah! je vous
assure que madame de Venette serait
tout comme une autre. —Non, Monseigneur : tout dans madame de Venette est supérieur à son sexe. —Il
faudra voir cette merveille et m'en faire
aimer — Vous n'y parviendrez pas.
— Nous verrons. André pensa que
c'était le mot de son beau-père, et il
se dit : Quand ne l'entendrai-je plus !

Après le déjeuner, Henri promena
André dans son parc, lui fit part de
ses projets, lui montra la place où il
ferait bâtir le château ; puis il lui
demandait des détails sur Clotilde,

et cette conversation ne fut pas même
interrompue par le dîner que Caperel
força André d'accepter ; puis, il fit sa
toilette et lui dit : Vous viendrez avec
moi à Champeaux ; je veux renouveler
connaissance avec mes parens. En
effet, il se rendit chez M. de Venette
qui, ne sachant en aucune manière
que sa femme eût aimé Henri et l'aimait encore, le lui présenta comme
un parent digne d'estime. Ce qu'é-
prouva Clotilde dans cet instant ne
se peut exprimer. Henri était bien
plus beau que lorsqu'elle l'avait vu
avant son voyage en Syrie : tout dans
sa personne était enchanteur par la
proportion la plus parfaite, mais surtout par une expression de sensibilité
et de bonté qui prévenaient d'autant plus en sa faveur, que ces qualités précieuses ne faisaient aucun tort

à l'esprit qui brillait dans ses yeux ;
mais le plaisir involontaire que Clotilde éprouva en revoyant son cousin,
n'était rien en comparaison de celui
qu'il ressentit en apercevant Clotilde.
Ce n'était plus cette jolie enfant, si
fraîche, si gaie, mais dont les traits
n'étaient point développés : à présent,
elle est parvenue à l'âge où la beauté
est parfaite. La majesté de son port, les
grâces nobles qui l'accompagnent,
mais surtout l'expression de sa figure
qui porte l'empreinte d'une profonde
mélancolie, d'accord avec les habits
lugubres dont elle est vêtue, réalisent
pour Henri l'idée qu'il s'était faite de
la compagne qu'il voulait rencontrer.
Ah ! si elle me résiste, se dit-il à lui-
même, je l'adorerai. Le grand usage
du monde apprend, non à vaincre les
passions, mais à les dérober aux yeux

de ceux à qui il importe de les cacher.
Il ne laissa donc point pénétrer ce qu'il
ressentait ; mais se promit de tout
tenter pour obtenir un si rare trésor;
craignant néanmoins de se trahir, il
abrégea cette première visite et promit
toutefois de venir dîner le lendemain.
Henri reprit le chemin de Reuilly,
André celui de la maison de Longpré;
non sans que celui-ci demanda à Caperel comment il trouvait madame de
Venette. — Fort bien, dit-il; mais je
ne suis pas assez heureux pour n'avoir
pas rencontré d'aussi belles personnes.
Vous viendrez demain à Champeaux ;
tâchez donc que Longpré amène sa fille.
André le lui promit. Le lendemain,
dès le matin, Agathe ayant su que
Caperel était venu à Champeaux, se
hâta de venir trouver son amie, qui
avait grand besoin de la voir. Elles

passèrent la matinée enfermées ; pour
Henri , rien n'est comparable aux
tourmens qu'il éprouvait. Quoi ! se disait-il , c'est là cette belle Clotilde que
j'ai refusée pour aller courir en Syrie
enlever madame de Fassigny qui ,
certes, ne valait pas ma cousine, ni
pour la figure ni pour l'esprit ; mon
pauvre Troubadour en a été la victime,
et moi, qu'y ai-je gagné ? Clotilde ,
Clotilde, que j'ai été coupable ! mais
je réparerai mes torts ; elle m'en verra
si repentant qu'elle me pardonnera.
Qui sait ? non, je crois comme André
qu'il n'est pas possible de la détourner
du sentier de la vertu. Ah ! j'ai voulu
trouver une femme capable de me résister : ce sera elle qui me fera connaître ce douloureux bonheur. O ma
Clotilde ! sois toujours vertueuse ,
jusqu'à ce que le Ciel nous unisse : le

Ciel ! n'est-elle pas mariée ? Non, elle
n'a pu l'être qu'à moi ; son père et le
mien étaient d'accord. Elle est à moi;
je revendiquerai mon bien; il faudra
bien que Venette me la cède. Est-ce
donc le premier exemple d'un mariage
que le papa ait rompu. Clotilde , tu
seras ma compagne, mon amie, l'unique objet de toutes mes affections. Oh !
de ce moment je renonce à tout autre
amour; quelle femme pourrait t'être
comparée! Mais, insensé que je suis!
qui me dit que je serai aimé ! qui me
le dit? Sa langueur, le saisissement
qu'elle a éprouvée quand je suis entré
chez elle. Elle m'aime, elle m'a toujours aimé! et moi, j'ai pu m'éloigner
d'elle ! Oh ! je m'attacherai maintenant
à ses pas, je la suivrai partout. Clotilde , ne me fuis pas; car j'irais te chercher par toute la terre. Ah ! André

avait bien raison; il fallait voir Clotilde
pour connaître l'amour.

Dès le lendemain il se rendit à
Champeaux; mais il ne vit madame
de Venette qu'à l'instant de se mettre
à table. Elle vint s'appuyant sur Agathe, ses yeux étaient humides, et ses
paupières gonflées prouvaient qu'elle
avait beaucoup pleuré. — Eh bien!
ma Clotilde, lui dit M. de Venette en
l'embrassant, je croyais que nous ne
te verrions pas d'aujourd'hui; et cela
pour s'enfermer avec Agathe, sûrement pour pleurer. J'avais pour M. de
Champeaux la plus grande vénéra-
tion; j'ai été très-sensible à sa mort;
mais toutes les douleurs ont un terme.
— Il en est, monsieur, qui n'en ont
pas. M. de Venette n'entendit pas le
sens de cette phrase, qui n'échappa
point à Henri, et enfonça dans son

cœur le trait qui le déchirait. Clotilde
s'aperçut qu'elle s'était trahie, et sa
douleur s'en accrut. Le dîner fut
triste. André et Agathe voyaient les
maux qu'un tel amour devait causer,
et auraient voulu, aux dépens de leurs
jours, les détourner de dessus les têtes
de leurs bienfaiteurs ; mais, vain es-
poir. Venette dit à Henri qu'il comptait l'aller voir. — Venez dès cet
après-midi, je vous ferai part de mes
projets pour mon nouveau château.
M. de Venette s'y rendit ; et en reve-
nant il dit à sa femme, que Caperel
voulait jeter sa maison à bas, et qu'il
l'avait engagé à venir demeurer à
Champeaux pendant son séjour dans
cette province. Clotilde n'osa dire à
son mari combien elle trouvait cette
offre imprudente. Caperel, au comble du bonheur, vint dès le lende-

main s'établir à Champeaux, d'où
il était censé suivre les travaux de
Reuilly; mais un intérêt bien plus
grand l'occupait : obtenir un aveu de
l'amour de Clotilde, car il ne doute
pas qu'il est aimé, voilà tout ce qu'il
désire, Cependant il cache avec soin
son amour; il n'en fait confidence ni
à André ni à Sylvestre, à qui il écrit
néanmoins de revenir dès que les affaires dont il l'a chargé seront ter-
minées. Il a des projets vagues dont
il ne se rend pas compte. Il ne sait
encore autre chose, sinon qu'il adore
Clotilde, et que la jalousie que lui fait
éprouver Venette égale la violence de
son amour. Clotilde, qui ignore les
secrets de Henri se rassure. Il ne
m'aime pas, disait-elle à Agathe; que
puis-je craindre? il n'a pour moi que
de l'amitié; mais elle sera le charme

de ma vie; et peu à peu elle perdit toute idée de crainte. Sir Henri, également aimable avec le mari et avec la femme, dans les premiers jours de son arrivée à Champeaux, ne paraissait occupé que du plaisir de se trouver avec des parens qui méritaient tout son attachement. Il semblait se multiplier pour trouver plus de manières de se rendre agréable à l'un et à l'autre. Il chassait avec Fonfrède, accompagnait Clotilde avec le lut, et souvent il unissait sa voix à celle de sa cousine, et alors rien n'était si harmonieux.

Les jardins de Champeaux étaient très - étendus, si toutefois on peut donner le nom de jardins à une grande quantité de terrein entourée de murs, dans lesquels se trouvaient enclos des terres labourables, des bois, des vignes ; car avant Charles V, on ne savait point soumettre la nature à l'art, et ce ne fut que sous ce Prince que l'on commença à aligner les allées, à tailler les arbres. Cet ordre symétrique avait toujours été croissant presque jusqu'à nos jours ; et il eût peut-être autant valu n'avoir pas de jardin que d'en avoir de semblables à ceux que nous avions. Grâces à nos voisins qui, au moins, nous ont fait ce bien, nous savons à présent tirer parti des différens sites, et enrichir la scène de tout ce qui peut en relever les charmes ; mais alors les jardins étaient tels que la nature les avait disposés. Heureux qui avait près de son habitation une campagne riante ; alors, aux murs près, qui toujours la gâtaient plus ou moins, en bornant les points de vue, on avait un beau jardin ; si, au con-

traire, la terre ingrate ne produisait
que des épines et quelques arbres ra-
bougris; qui semblaient donner leur
ombre à regret, le jardin était stérile
et désagréable. Il n'en était pas ainsi
de Champeaux. Ce château avait été
bâti à l'angle d'un grand bois traversé
par une rivière qui formait un im-
mense étang, entouré d'une prairie
plantée de saules et de peupliers.
Celui qui avait bâti les murs du parc
avait eu le bon esprit de ne pas se
contenter d'y renfermer les bois; il y
avait aussi enclos les prés et l'étang;
ce qui faisait la plus heureuse diver-
sité. C'était au bord de la rivière, sous
une cabane formée par quatre vieux
saules sur lesquels reposait un toit
rustique, que Clotilde, portant dans
ses bras le plus jeune de ses fils, et
suivie de l'autre, allait attendre son

époux lorsqu'il rentrait de la chasse.
Mais par des événemens imprévus,
Henri revenait toujours au moins une
heure avant le sir de Venette ; et alors
il employait tout ce que la nature lui
avait donné de grâces et d'esprit, pour
faire paraître ces momens très-courts
à la belle madame de Venette. On
sait qu'il ne lui était pas difficile d'y
parvenir ; et quand elle le voyait si aimable, elle ne pouvait s'empêcher de se
dire : Pourquoi ne m'a-t-il pas aimée
quand j'étais libre ; et c'était toujours
de la meilleure foi du monde que la
Châtelaine répondait à son époux,
quand il demandait : Y a-t-il long-
temps que M. de Caperel est descendu
de cheval ? — Au plus un quart-
d'heure. Et le Châtelain le croyait ; car,
que ne croit pas un mari, quand il
a tout lieu d'estimer sa compagne.

CHAPITRE XXI.

Nous avons vu les combats que Clotilde avait livrés au sentiment qu'elle retrouvait toujours dans son cœur, et le trouble affreux que l'arrivée de Caperel lui avait d'abord causé; mais depuis trois mois qu'il était à Champeaux elle s'endormait sur le bord de l'abîme; se persuadait qu'une amitié, il est vrai fort tendre, avait remplacé dans son cœur un amour que rien ne lui prouvait que Henri partageât. Se faisant illusion, elle jouissait du bonheur de voir celui qu'elle aimait et ne demandait pas d'autre bien. L'aimable gaieté, compagne de

la jeunesse, qui ne cède qu'à de longs
malheurs, s'était eloignée de Clotilde
depuis la mort de son père; mais
elle renaissait dans son âme dès qu'elle
voyait Henri. Est-ce un crime, se
disait-elle, d'aimer son cousin? Et sa
société lui parut pendant quelque
temps un moyen de plus de félicité.
Son époux l'aimait tendrement et lui
laissait dans la maison cet empire
que toute femme désire avoir. Ses
enfans charmaient ses loisirs; elle les
élevait avec un soin extrême. Les
ouvrages de son sexe occupaient un
grand nombre de ses heures; broder
avec Agathe, madame Faustin et
quelques jeunes Châtelaines du voisinage, tandis que l'une d'elle racontait
un fabliau, avait été pour Clotilde,
jusqu'à l'arrivée de Caperel, un plaisir
mille fois plus touchant que ne sont

pour nos belles de la chaussée d'Antin,
les bals les fêtes, les spectacles. Rarement on admettait les hommes à ce
grave gymnase. Ces heures avaient
été fort douces pour elle, quand son
amour pour Henri sommeillait ; à présent que, malgré elle il reprend son empire, elles ont perdu presque tous leurs
charmes, car elles la séparent de lui ;
cependant, pour rien au monde elle
n'eût voulu lui permettre d'entrer dans
sa galerie, l'ayant refusé plusieurs fois
à son mari. Elle aurait craint que l'on
ne s'aperçut de la préférence qu'elle
accordait à Henri, et qu'elle eut
souhaité de se cacher à elle-même. Le
Prevôt voyait avec encore plus de dé-
pit que Clotilde, qu'au moment du
travail elle s'enfermait avec ses amies,
et qu'il ne lui était pas permis d'entrer ;
il s'avisa d'un expédient pour ne pas

perdre le temps où il ne pouvait voir
Clotilde. Il persuada à Fonfrède de
faire un mauvais tour à ces dames,
en l'introduisant au milieu d'elles sous
les habits de leur sexe, comme une
de ses parentes nouvellement arrivée
du Béarn; que le sir de Venette se
retirerait aussitôt, afin que ces dames,
étant en liberté et ne croyant pas avoir
de profanes parmi elles, continuassent
leurs conversations accoutumées, dont
il lui rendrait compte. Fonfrède trouva le tour charmant, et permit à Henri
de tout disposer pour le faire réussir.

Henri, qui s'en promettait un sensible plaisir, envoya un de ses gens
pour emprunter d'une de ses parentes
son habillement complet. On portait
alors, et comme on a porté depuis,
des coiffes qui cachaient la moitié de
la figure, et Caperel eut le soin de

les avancer le plus possible; pour di-
miuuer sa haute taillé, il s'appuya sur
une canne, en se courbant presque en
deux. Ses vêtemens étaient magni-
fiques; ce qui allait à merveille avec
le nom qu'il prit : madame de Talérac,
dont il voulait jouer le personnage,
étant une des plus riches propriétaires
de sa province.

Les dames étaient à peine retirées
dans la petite galerie de Clotilde quand
Fonfrède frappa à la porte. — Qui
vient ici, dit madame de Venette en
laissant à moitié le fabliau qu'elle racontait? qui vient nous interrompre?
C'est moi, ma chère amie, reprit le
Châtelain. Clotilde reconnaissant la
voix de son mari se lève aussitôt et va
ouvrir. Quel est son étonnement de
trouver le sir de Venette donnant la
main à un individu qu'elle reconnaît

sur-le-champ : car son cœur battit si
fort, qu'elle ne put se dissimuler que
ce n'était pas la baronne de Talérac
qu'on lui présentait. Cependant, quoique son premier mouvement eut été
de refermer la porte de la galerie,
voyant son mari se réjouir de ce qui
ne paraissait qu'un badinage, elle crut
ne rien faire en cette occasion que par
complaisance pour le Châtelain; et
cependant, il est à présumer qu'il y
en eut aussi pour le beau cousin.
Feignant donc de croire que c'était
réellement madame de Talérac, elle
la salua, mais sans répondre néanmoins aux avances qu'elle faisait pour
l'embrasser; ce qui dérangea un peu
les plans du Prevôt de Paris. Il se
flattait bien qu'à l'aide de ses grandes
coiffes il aurait l'insigne bonheur d'approcher ses lèvres de ses joues, dont

l'éclat le disputait à celui de la rose.
Il n'insiste pas, et la persuasion qu'il
est reconnu lui fait naître la pensée
qu'elle trouve autant de plaisir que
lui à ne perdre aucuns des instans
qu'ils ont à passer ensemble; et
prenant la main de Clotilde, il salue
Fonfrède qui lui souhaite beaucoup
de bonheur et de plaisir; ne doutant
pas qu'elle en ait autant dans la société
de madame de Venette, que madame
de Venette en aura dans la sienne, et
il se retira, ce qui fâcha la Châtelaine :
car elle croyait qu'au moins son
mari ayant fait cette plaisanterie, voulait voir comment Henri soutiendrait
son rôle; mais se retirer ainsi n'était
pas prudent. En vérité, dans ce moment, elle sentit combien la présence
de son mari lui était nécessaire.

La fausse madame de Talérac com-

mença par des louanges générales sur
un cercle aussi agréable : c'est un
véritable parterre, émaillé des plus
belles fleurs que l'on puisse voir ;
mais entre lesquelles, dit Henri, en
se penchant à l'oreille de Clotilde, on
voit briller leur reine. Madame de
Venette rougit, et Sabinne, l'une de
ses compagnes, avec qui elle avait été
élevée, prit la parole. — Et que te dit
donc madame de Talérac, qui te fait
ainsi rougir. — Rien qu'une autre
n'entendît avec plaisir, interrompit
vivement de Caperel ; mais elle est
si modeste, qu'elle ne peut s'entendre
rendre justice sans trouble.

La louange, lorsqu'elle n'est pas
pas méritée, est une sorte d'offense,
et je vous prie, madame, de me
l'épargner. — Vous vous fâchez, ma
chère belle, et il voulut saisir sa

main, qu'elle retira avec la promptitude de l'éclair. — Mon Dieu! que vous êtes singulière, ma chère Clotilde, ne dirait-on pas que je suis un beau jeune homme bien redoutable. — Je hais toute familiarité, même avec les personnes de mon sexe, et à plus..... La fausse madame Talérac, sans paraître entendre ce que disait Clotilde, pria ces dames de ne point interrompre leurs travaux. — Dans ma jeunesse j'excellais dans la broderie d'or et d'argent; mais les années ont affaibli ma vue, et je ne puis plus m'occuper de ces jolis ouvrages. Je ne sais point filer, et semblable à l'amant d'Omphale, je casserais les fuseaux. Il prononça ces mots si bas, qu'il n'y eut que Clotilde qui l'entendit, et elle eût voulu ne pas les entendre. — Eh bien! dit Eulalie, ma-

dame pourroit nous raconter quel-
qu'ancienne chronique.—Volontiers;
c'était précisément ce que je voulais
vous proposer.

LA CONSTANCE RÉCOMPENSÉE.

NOUVELLE.

Du temps de Childebert, il y avait
un nommé Caribert qui était de la
race de Pharamond. Il avait fait la
guerre sous le grand Clovis, et avait
été baptisé avec lui à Rheims Il était
jeune alors, beau, et parlait d'amour
à toutes les belles, se moquant de tous
les maris, comme il arrive encore
de nos jours; mais bien mal lui prit.
Après avoir long-temps guerroyé, et
fait nombre de conquêtes en amour,
il pensa qu'il devait se marier. Alors

il était parvenu à l'automne de la vie,
et n'était plus beau, mais il était riche
et en considération parmi les guer-
riers : un de ses anciens compagnons
d'armes était père de la belle Fréding, qui n'avait pas vécu trois lustres.
Téodall et Caribert convinrent que
rien ne pouvait leur être plus agréable que de former entre eux une
alliance inviolable, et que Caribert
épouserait Fréding. Celle-ci, élevée
par la Reine, n'était jamais sortie de
l'enceinte du palais ; et ne connaissait aucun des officiers qui entou-
raient le Roi, et qui n'entraient point
dans l'appartement de la Reine. Théodall vint faire part à la Reine de ses
projets : celle-ci lui observa que Fréding était bien jeune et Caribert bien
âgé pour elle. Oui, dit-il, mais il s'est
couvert de gloire à la bataille de Tol-

biac. Je lui ai vu faire des actions
merveilleuses : c'est uu grand bon-
henr pour une femme d'être envi-
ronnée de la haute réputation de son
époux. — J'en conviens; mais une
jeune personne peut avoir d'autres
inclinations...—Ma fille est trop bien
née pour avoir laissé surprendre son
cœur, et quand il est libre, on est
toujours disposé à remplir ses devoirs.
— Je suis sûre, dit la Reine, que Fréding les remplira toujours; mais sera-
t-elle heureuse? — On l'est quand on
n'a rien à se reprocher.

La Reine qui vit que Téoldall était
décidé à ne point céder, fit venir
Fréding, et lui apprit, en présence
de son père, les projets qu'il avait
formés pour elle. Elle ne répondit
point; mais son silence étant pris pour
un consentement, Caribert lui fut

présenté dès le soir, et trois jours
après le mariage fut conclu. Ce rap-
port de circonstances avec celui de
Clotilde et du sir de Venette, rap-
pela à la première l'instant où elle
avait consenti d'épouser le Châtelain,
et elle en éprouva un embarras dont
Henri ne s'aperçut que trop, et qui
lui fit croire qu'il n'aurait pas de peine
à en venir à ses fins ; mais combien il
se trompait !

Fréding, unie au sort d'un homme
qu'elle ne pouvait aimer, languit dans
ses chaînes, jusqu'au jour où l'amour
amena chez Caribert le jeune Clodomir, riche, aimable, et qui ne put voir
Fréding sans ressentir pour elle la
passion la plus ardente. Fréding ne
fut pas long-temps sans s'en aper-
cevoir ; mais sa vertu combattait contre son cœur. Clodomir ne put ob-

tenir un aveu qu'il lisait néanmoins
dans les yeux de sa belle maîtresse.
— Ceux de Clotilde se baissèrent ;
elle eût voulu se cacher au fond de la
terre. Elle aurait dû lui imposer silence ; mais sur le penchant de l'abîme,
et elle ne savait comment résister à la
pente qui l'entraînait. Elle laissa donc
Caperel continuer son récit.

L'heureux amant, qui ne voulait
qu'être assuré du cœur de son amie,
et qui n'aurait pas voulu d'un bonheur qui eût été aux dépens de la
vertu de celle qu'il aimait, se contenta de ce muet truchement, sans
exiger rien de plus ; et sans cesse près
de son amie, il s'enivrait de ses charmes, et attendait en silence l'instant
où le Ciel, rompant des liens aussi mal
assortis , le mettrait à même d'offrir
à Fréding sa main et sa fortune. Ce

moment également souhaité des deux amans arriva, et Théodall étant mort, Clodomir devint l'heureux époux de Fréding, et ils vécurent une longue suite de jours dans le plus parfait bonheur.

CHAPITRE XXII.

CLOTILDE, qui avait été vivement
offensée de la phrase où Caperel avait
osé dire qu'elle souhaitait la mort de
son époux, retrouva le courage d'apprendre à Henri qu'elle était bien
éloignée d'une semblable pensée, et
à peine avait-il cessé de parler qu'elle
lui dit : Je vous demande pardon de
contredire entièrement le récit que
vous venez de nous faire ; j'en suis bien
mieux instruite que vous, car cette
Fréding me touche de près ; et je sais,
à n'en pas douter, quels furent ses sentimens ; si, ce qui n'est pas certain,
elle eut l'affreux malheur d'aimer

Clodomir, si ses yeux trahirent son cœur, il n'en est pas moins vrai que Clodomir ne put s'en prévaloir ; que rien dans la conduite de Fréding n'annonce, comme vous le faites entendre, qu'elle avait pour son époux une sorte d'indifférence. Au contraire, l'attachement le plus tendre régnait entre ces époux. Leurs enfans dont vous ne parlez pas étaient pour eux des liens sacrés qui resserraient leur union. Loin que Fréding pût envisager de sang-froid l'instant où, suivant l'ordre de la nature, elle devait se trouver séparée de celui qui lui était cher à tant de titres, elle regardait ce moment comme le plus douloureux de sa vie. Aussi lorsqu'il arriva, loin que Clodomir reçût le prix de sa constance, elle lui déclara qu'elle avait un trop grand respect pour la mémoire de

son mari pour passer à de secondes
noces, qu'elle aimait trop ses enfans
pour leur donner un étranger pour
père ; et quelque chose que Clodomir
put lui dire, il ne put la faire changer de résolution ; et comme elle ne
voulait point lui permettre de venir
chez elle dès qu'elle fut veuve, il
partit pour un voyage de long cours,
où il perdit peu à peu l'amour qu'il
avait pour Fréding, au point d'en
pouvoir épouser une autre. — Jamais, s'écria Henri; c'est une impos-
ture. Il ne pouvait être qu'à Fréding.
— Cela peut être, mais ce qui est
certain, c'est que la femme de Théodall vécut dans la plus profonde retraite après la mort de son mari,
se consacrant entièrement à former
ses fils aux devoirs envers Dieu et
la société, et lorsqu'ils furent en état

de se passer d'elle, elle se retira dans un couvent, où elle prit le voile, et mourut peu d'années après.

Voilà, mesdames, ce qu'a fait Fréding, et ce que fera toujours toute femme attachée à ses devoirs. Toutes les dames furent de l'avis de Clotilde, et la fausse madame de Talérac fut la seule qui soutint que tout s'était passé comme elle l'avait dit, et que cela était bien plus dans la nature que d'aller s'enfermer dans un couvent, pour pleurer toute sa vie un homme que Fréding n'aimait pas. — Qu'elle aimait, respectait, et auquel elle devait la plus sincère reconnaissance ; et je sais mieux que vous ce fait, madame, rien ne me fera céder sur ce point. — Eulalie et les autres dames étaient surprises de voir Clotilde parler d'une manière si tran-

chante à une femme âgée, parente de
son mari, elle qui était si douce, si
polie ; et elles se regardaient pour savoir ce que chacune pensait de ce
changement de manière.

La fin du jour termina heureusement ces observations. Les amis de
madame de Venette la quittèrent, et
celle - ci, avertie du danger qu'elle
courait par la vive émotion que lui
avait causé la ruse dont Henri s'était
servi pour lui déclarer son amour, résolut de tout tenter pour se mettre à
l'abri de sa propre faiblesse ; elle se
hâta d'aller rejoindre son mari, et en
l'abordant, elle lui fit de doux reproche d'avoir introduit un loup dans la
bergerie ; mais apercevant Henri qui
était encore avec les habits de sa parente, elle s'adressa à lui : Quittez,
lui dit-elle, ces habillemens qui vous

vont mal, et que ce soit, je vous prie,
Messeigneurs, la dernière fois que vous
fassiez une plaisanterie qui m'est infiniment désagréable, et dont je serais désolée que mes amies eussent la
moindre idée. Elle viennent chez moi
avec la persuasion qu'elles sont en
toute assurance contre un sexe toujours dangereux ; que diraient-elles
si elles savaient ?....—Toutes, chère
ame, ne sont pas aussi réservées que
vous, et je suis bien sûre que la moitié en rirait ; mais puisque cela vous
déplaît, je vous jure que ce ne sera
plus. — Vous me ferez plaisir.

On sonna le souper, où Fonfrède
parla de ses voyages à la Terre-Sainte
et de ses premières amours ; puis il
dit quelques mots à Henri des siennes
avec madame de Fassigny, et surtout
le plaisanta sur l'apparition de l'ange

qui l'avait attiré en Syrie. Clotilde
rougit jusqu'au blanc des yeux ; pour
Caperel, loin de se laisser déconcerter,
il sut profiter de la tournure qu'avait
prise la conversation, pour faire comprendre à sa cousine, par des mots à
doubles ententes, tous ses regrets de
s'être laissé séduire par une femme
qui ne pouvait lui être comparée. Le
bon Fonfrède, qui était loin d'être en
état de lutter avec Caperel pour l'esprit, continuait sur le même ton, et
fournissait à Henri, sans s'en douter,
le moyen de dire les choses les plus
tendres à sa femme. Le dernier, qui
voyait le Châtelain de la meilleure
humeur du monde, lui versait rasades sur rasades, tant et si bien,
que Fonfrède s'endormit profondément. A peine eut-il cédé au sommeil, que Clotilde, redoutant d'être

seule avec Henri, se leva pour sortir.
Le Prevôt de Paris, voyant encore
échapper cette occasion favorable à
son amour, quitte précipitamment
la table au risque d'éveiller son cousin, fléchit un genou devant Clotilde;
et saisissant le bord de son manteau,
la supplie de l'écouter. — Non, non;
je ne vous ai que trop entendu : crai-
gnez que je ne me plaigne de votre
témérité; et elle s'échappa, et vint
rejoindre ses filles qui l'attendaient
dans la galerie qui conduisait à sa
chambre à coucher, où bientôt Fonfrède vint la joindre, et à son tour il
se plaignit de ce qu'elle l'avait quitté.
— Vous dormiez, Seigneur. Je me
trouvais alors rester tête-à-tête avec le
sir Henri, et je n'ai pas cru devoir lui
accorder cette faveur. Elle lui demanda si le Prevôt de Paris demeurerait

encore long-temps au château. —Est-
ce qu'il vous déplaît? —Non, mais je
crains qu'un si long séjour ne lui fasse
tort dans l'esprit du Roi, qui doit être
surpris qu'il quitte un poste aussi im-
portant que le sien, pour venir prendre
possession de ses terres. — Mais il est
simple que, retrouvant des parens
dans ce pays, il leur donne quelques
instans. — Nos pères n'existent plus ;
on sait bien que les rapports qu'il y a
entre le sir Henri et nous sont peu in-
times : j'étais presque un enfant quand
il partit. —Raison de plus pour qu'il
prenne le temps de faire connaissance
avec une aimable parente. Henri est
plein d'esprit, et sa société me plaît
beaucoup. — Moi, je n'aime que la
vôtre et celle de mes enfans. —
Pourquoi, chère Clotilde, être si
sauvage ? vous qui êtes faite pour

plaire à tout ce qui a le bonheur de
vous connaître. — La solitude est la
sauvegarde de la vertu. — Vous n'en
avez pas besoin, ma bien-aimée;
votre amour pour vos devoirs, je
n'ose dire pour moi, je n'ai jamais
eu les qualités brillantes qui inspirent
ce sentiment..... — Il convient peu à
la dignité de l'hymen; il est trop
léger, trop inconsidéré; celui que
j'ai pour vous, Seigneur, est bien
plus solide. Je n'ai jamais rien aimé
autant que vous; et le père de mes
enfans est pour moi un être sacré
que j'honore à l'égal de Dieu même.
Fonfrède, qui adorait Clotilde, fut au
comble du bonheur de recevoir les
témoignages d'une affection qui faisait
sa félicité. Il serra sa compagne
contre son cœur, et lui adressa les
expressions les plus tendres. Cloildcs

qui faisait des efforts au-dessus de
son courage pour éloigner d'elle le
danger qui la menaçait, y répondait
en lui répétant l'assurance de son
attachement ; mais les transports de
Fonfrède, loin de se communiquer à
elle, semblaient la glacer, et son
époux lui trouvant quelque chose de
froid et de contraint, se persuada
qu'elle souffrait. Il n'osa rester près
d'elle, et après lui avoir donné le
plus tendre baiser, il se retira dans
son appartement, laissant sa chère
Clotilde en proie aux tristes réflexions
que ce jour lui faisait faire.

A peine ses filles furent-elles retirées, qu'elle repassa dans son esprit
tout ce que Henri lui avait dit. Il est
donc vrai qu'il m'aime ; il se permet
de me l'avouer ; mais aurait-il eu
cette audace, s'il n'avait pas pénétré

dans mon âme; s'il n'y avait pas vu
toute ma faiblesse : que je suis malheureuse! Quelle opinion il a conçue
de moi!.... Aurais-je donc laissé connaître un sentiment dont je dois rougir? Eh! que les temps sont changés.
Où est cette heureuse époque où un
tel aveu aurait fait mon bonheur et
ma gloire : alors, le cruel m'a dé-
daignée!..... et à présent il ose parler
d'amour à celle qui ne peut y répondre sans crime. Ah! pourquoi
est-il venu dans cette retraite, où je
croyais avoir trouvé le repos, si le
bonheur m'était refusé. — Le bonheur..... Ingrate que je suis envers la
Divinité! De quels biens ne m'a-t-
elle pas comblée! considération, fortune, amour de mon époux, tendresse
de mes enfans; et j'ose dire que le
bonheur n'existe pas pour moi! Ah!

je m'inquiète d'être privée de tous ces biens! Mais non, je triompherai de ma folle passion; et échappée aux atteintes de l'amour, combien de fois n'ai-je pas déploré le sort de celles qui se sont abandonnées à cette funeste passion; et à présent, que puis-je dire de moi-même? Il n'est donc que trop vrai que j'aime Henri! — Ah! Clotilde, épouse infidèle... Non; je ne le serai point; je ne balancerai point à remplir mon devoir: demain j'apprendrai à mon époux ce que mon perfide parent a osé me faire entendre dans son apologue; car c'est à moi qu'il l'adressait.

Oh! j'ai pu supporter cette offense, lâche que je suis. Je redoute d'affliger mon époux, me disais-je. Ce n'était pas Fonfrède dont je craignais de troubler le repos: c'était Henri que

je ne voulais pas éloigner; c'était moi
qui ne voulais pas qu'il s'éloignât.
Grands Dieux! voilà donc où je suis
descendue, moi que l'on citait pour
exemple aux compagnes de mon enfance. Il n'en est aucune qui ne rougît
de m'avouer pour son amie, si elle
savait que j'ai pu donner entrée dans
mon âme à une flamme criminelle.
Ah! Henri, Henri, pourquoi vous
ai-je revu; pourquoi ai-je eu la témérité de vous comparer avec celui à qui
je suis unie pour toujours; à celui
dont les vertus et les tendres soins
m'ont attachée à lui par une amitié
si tendre? Serait-il vrai que j'eusse
cessé de l'aimer? Ah! grâce au Ciel,
je ne suis pas encore parvenue à ce
degré de malheur. Moi, cesser d'aimer
le père de mes enfans! Non; je l'aime
toujours, et je voudrais haïr Henri.

Mais qu'a-t-il fait pour mériter ma
haine? Ce qu'il m'a fait; il m'a cru
capable de manquer à l'honneur; de
désirer la mort de mon époux. Il l'a
cru, et il a eu l'impudence de me le
dire. Ah! n'est-ce donc pas assez pour
le haïr? Mais hélas! je ne le puis. Il
réunit à tant de qualités aimables tout
ce qui mérite l'estime : je ne parle pas
de sa figure, c'est le moindre de ses
avantages. Cependant, comment fuir
ce regard où son âme se peint toute
entière, et que la plus extrême sensibilité rend si touchant : ah! il faut
qu'il s'éloigne, ou je suis perdue.
Clotilde invoqua les grâces du Ciel
pour l'aider à échapper à un si grand
péril. Se trouvant plus calme, elle
s'endormit.

CHAPITRE XXIII.

―――

Dès qu'il fit jour, elle se leva et passa dans l'appartement du Châtelain. Il était déjà levé et se préparait à aller à la chasse avec le Prévôt de Paris ; il fut assez étonné en voyant madame de Venette, car elle venait rarement dans sa chambre. — Qui vous amène, chère âme ? — Un sujet très-important, et d'où dépend mon repos. J'ai à me plaindre de sir Caperel ; dès que vous l'avez introduit dans la galerie, j'ai vu que c'était lui, mais croyant que c'était une plaisanterie qui vous était agréable, je n'ai pas paru le reconnaître. Il a imaginé de

là que j'avais un grand plaisir à le
voir, et sous prétexte de raconter
une anecdote, il a osé peindre l'inté-
rieur de notre ménage de manière à
faire entendre qu'il serait possible à
un jeune homme aussi avantageux
que lui, de réussir à me plaire. J'ai
été irritée de tant de témérité, et ne
voulais pas d'abord vous en parler;
mais cependant j'ai besoin que vous
m'aidiez à l'éloigner de chez nous? ne
pouvez-vous pas prétexter une affaire
qui vous rappelle à Arras? Fonfrède
avait écouté sa femme avec une grande
attention. Ce qu'elle lui disait le sur-
prenait d'autant plus, qu'il ne s'était
point aperçu que Henri eût l'air de
s'occuper de Clotilde. Cependant,
quelle raison aurait-elle de se plaindre si cela n'était point. Il la loua
donc de son extrême prudence, et

l'assura qu'il ferait si bien que le sir de
Caperel n'habiterait pas long-temps
sous le même toit qu'eux.

En effet, au dîner, où Henri était
seul d'étranger, il fit part à madame
de Venette qu'il était forcé de partir
très-nécessairement pour Arras, où
les affaires de la succession de son
père l'appelaient. Je vous y accompa-
gnerai, dit aussitôt Henri, piqué de
ce départ qui lui parut concerté ; car
je n'ai pas moins d'affaires que vous à
Arras, et c'est aussi pour la succession de M. de Champeaux, à laquelle
vous n'ignorez pas que j'ai quelques
droits, car il n'a pas laissé d'héritier
mâle. Vous savez, reprit le sir Fonfrède que vos droits son éteints dans
la personne de madame de Venette,
qui est au septième degré de votre
commun aïeul. —C'est ce qui vous

trompe, sir de Venette, madame n'est qu'au sixième, donc, puisque vous me forcez de le dire, Champeaux est à moi. — C'est une plaisanterie que vous faites ; et se levant, il tira de son bureau la généalogie de Clotilde ; elle était si claire qu'il était impossible de s'y tromper. — La généalogie ne prouve rien, on en compose si aisément ; mais nous aurons des titres qui vaudront mieux : en attendant soyons amis, je ne prétends rien contre la justice.

Clotilde éprouva un sentiment douloureux, en pensant qu'au moment de se séparer peut-être pour toujours, Henri avait pu s'occuper d'intérêts. Ah ! se disait-elle, il ne m'aime point, et moi,...

Malgré la certitude de son bon droit, Fonfrède ne laissa pas d'être inquiet de se trouver en procès, et surtout

contre un homme puissant, et qui
avait les gens de justice sous ses ordres. Il se repentit d'avoir parlé de
succession, et il craignit en effet que
le Prevôt de Paris n'aimât Clotilde,
et ne cherchât à l'intimider, en lui
faisant entendre qu'il la ruinerait, si
elle ne consentait pas à partager son
sentiment. C'était bien, en effet, le
projet que Caperel avait formé au
moment où Fonfrède annonça son
départ, jugeant qu'il était concerté
avec Clotilde, afin de le forcer à
s'éloigner; et ainsi, le plus généreux
des hommes consentit à passer pour
un être intéressé afin d'en venir à ses
fins, et il ne tarda pas à mettre à exécution son projet. Toutes les réflexions de Fonfrède ne l'empêchèrent
point de partir pour Arras. On quitta
Champeaux deux jours après, et ar-

rivé à la ville, M. de Venette n'offrit
point à Henri de venir loger chez lui.
Il fut obligé d'aller prendre un gîte
dans une hôtellerie qui était sur la
place, assez près toutefois de la maison de Clotilde, pour voir tout ce qui
entrait chez elle; car il se persuada
que si Clotilde ne l'aimait pas, elle
en aimait un autre, et la jalousie
ajouta ses tourmens à ceux que sa
passion pour sa cousine lui causait.

Il vint dès le lendemain chez le
sir de Venette ; on lui dit qu'il était
sorti ; il demanda Clotilde. — Elle
ne voit personne quand le Châtelain
est absent. Cette réponse lui donna
beaucoup d'humeur ; il revint le soir.
— M. et madame de Venette sont
sortis pour faire quelques visites dans
la ville.—Reviendront-ils souper?—
Nous n'en savons rien. — Eh ! bien,

je vais les attendre ; et il descendit
dans le jardin, où tant de fois Agathe
avait calmé les douleurs que causait
à Clotilde son amour pour ce même
Henri qui, à présent, se croit haï de
celle qui ne l'aime que trop. On des-
cendait dans le jardin par douze ou
quinze degrés, et il se fermait par une
grille qui ôtait toute communication
avec le corps de logis.

Caperel se promenait en long et
en large, persuadé qu'au moment où
Fonfrède et Clotilde rentreraient, on
viendrait l'avertir ; il roulait dans son
esprit différens projets ; il ne s'aper-
cevait pas que la nuit avait remplacé le jour, et que la lune seule
éclairait ses pas. Le froid se faisant
sentir, il voit enfin qu'il y a plusieurs heures qu'il est dans le jardin ;
il veut en sortir, il monte les degrés,

et trouve la grille fermée. Il appelle; personne ne répond. Il secoue les barreaux; ils ne cèdent point à ses efforts. Il crie plus fort; personne ne vient. Pour surcroît de malheur, le temps, qui avait été fort beau tout le jour, changea tout à coup. Un vent d'ouest amoncela les nuages qui venaient de la mer; en un instant la lune fut entièrement cachée, et une pluie abondante tombait à flots.

Henri cherche un asile contre les torrens qui l'inondent, il n'en trouve point; il appelle de nouveau, mais inutilement. Le vent qui sifflait dans les arbres faisait un si grand bruit, qui était encore augmenté par celui de la pluie, qu'il était impossible qu'il se fît entendre. Caperel maudissait la triste fantaisie qui l'avait engagé à descendre dans le jardin;

persuadé que Clotilde et son mari
savaient parfaitement qu'il y était, et
que c'était par leurs ordres qu'on ne
lui répondait pas, sa fureur contre
eux s'accroissait en proportion de ce
qu'il souffrit dans cette maudite
nuit. Cependant il était très-certain
que Clotilde et son époux n'avaient
pas la moindre connaissance de ce qui
se passait. Celui de leurs gens à qui
Henri s'était adressé avait entièrement oublié qu'il était resté à attendre
M. et madame de Venette, et ne
leur en avait pas parlé. Le Prevôt
ne voyant plus aucun moyen de se
garantir de la pluie, qui ne cessait
pas, prit le parti de se coucher sur le
banc qui était sous le berceau, et d'y
attendre que le Ciel finît ses tourmens, bien résolu de se venger de

sir de Venette par tous les moyens qui seraient en son pouvoir.

Enfin, le jour mit un terme à sa souffrance. Les gens d'écurie se levèrent pour donner l'avoine aux chevaux, et l'un d'eux passant près de la grille, aperçut Henri qui, ayant entendu marcher dans la cour, montait l'escalier pour obtenir qu'on lui ouvrît. Ses habits mouillés, les plumes de sa toque défrisées, ses cheveux plats lui donaient une si singulière figure, que le palefrenier ne le reconnut point, et se mit à rire aux éclats. Nouveau sujet de rage. Malheureux ! lui cria Henri, ai-je assez servi de jouet à tes maîtres et à toi, et m'ouvriras-tu enfin cette grille qu'on a eu la cruauté de tenir fermée, pour que je restasse toute une nuit exposé à un véritable déluge? Monseigneur, dit le valet tout effrayé, en le reconnaissant enfin, personne, je vous jure, ne vous savait là : je vais chercher la clef et vous ouvrir le plus tôt possible. Mais il n'était pas si aisé qu'on le croyait d'avoir cette clef. Tous les soirs on les apportait toutes dans l'appartement du Châtelain, même celle du vestibule que l'on fermait en dedans. Les gens d'écurie ne couchaient point dans ce corps-de-logis, et lorsqu'ils étaient réveillés pour le soin que demandaient les chevaux, le reste des domestiques qui couchaient près de leur maître, dormaient long-temps encore.

Cependant, le valet d'écurie va frapper aux volets du concierge dont le sommeil ayant été troublé toute la nuit par la tempête, dormait alors si

7 *

profondément qu'il n'entendit point,
quelque bruit que fît cet homme :
celui-ci, désespérant de le réveiller,
retourna à ses chevaux, laissa dormir
le concierge et jurer le Prevôt. Henri,
ne voyant pas revenir ce palefrenier,
se mit à appeler si haut, à secouer si
fortement la grille, que Clotilde, que
ses chagrins réveillaient toujours trop
tôt pour son bonheur, entendit les
cris de Caperel dont elle ne reconnut
pas la voix, tant elle était enrouée.
Elle se lève, ouvre la croisée, et est du
dernier étonnement en apercevant
le Prevôt : elle n'en peut croire ses
yeux. Le bruit de la fenêtre avait fait
tourner les regards de Henri du
côté où était madame de Venette.
Vous venez jouir apparemment de
l'état où une méchanceté sans
exemple m'expose à vos regards. En-

fin, il vous plaira de me faire ouvrir ?
Madame de Venette, pénétrée de la
situation où était le Prevôt, auquel
elle prenait bien plus d'intérêt qu'elle
n'aurait voulu, se hâta de l'assurer
qu'elle ne pouvait concevoir comment il était resté toute la nuit exposé
aux injures de l'air, et qu'elle allait
se hâter de lui faire ouvrir ; et en effet,
elle passa sur-le-champ chez son mari
pour y prendre les clefs. Elle lui raconta en peu de mots les sujets de
plaintes du Prevôt, et elle l'engagea
même à le voir pour le dissuader
qu'ils eussent en aucune sorte été
cause de cet événement ; mais pour
la première fois Fonfrède ne fut pas
de l'avis de sa femme. Depuis qu'il
savait que Henri aimait Clotilde,
une sorte d'antipathie avait succédé à
l'amitié qu'il lui avait d'abord inspiré.

Il n'était pas jaloux, la vertu de madame de Venette lui était trop connue pour qu'il pût ressentir ce triste sentiment ; mais il trouvait tant de supériorité à Henri sur lui, qu'il n'était pas fâché qu'un événement, dont il n'était pas cause il est vrai, mit assez de froid entre eux pour que le sir de Caperel s'éloigna de leur société ; il prétexta donc qu'il était trop matin, et qu'il ne se souciait pas de se lever pour aller entendre les plaintes du Prevôt ; et engageant Clotilde à demeurer auprès de lui, dans la crainte qu'elle ne vît Henri, il se contenta d'envoyer les clefs par son valet de chambre. Le temps que celui-ci mit encore à s'habiller fit perdre entièrement patience au Prevôt. Enfin, la clef tant désirée arriva, avec des protestations de l'innocence de M. et de

madame de Venette, et une proposi-
tion d'accepter de se mettre dans un
lit, que l'on bassinerait, et où il pourrait dormir pendant que l'on irait
lui chercher d'autres habillemens. —
Non, non, ouvrez la porte, que je
sorte, voilà tout ce que je vous demande ; je ne suis pas fâché qu'on me
voie ainsi dans les rues d'Arras, afin
que l'on sache de quelle manière M. et
madame Venette traitent leur parent.
Dites-leur aussi que je m'en vengerai
d'une manière si éclatante, que je rirai
à mon tour ; et poussant rudement la
grille que le valet de chambre venait
d'ouvrir, il traverse la cour, sort
de la maison, et arrive à l'auberge
dans laquelle il demeurait, où les ris
que causaient son plaisant costume
redoublèrent tellement sa rage, qu'il
tomba sur les premiers qui se trou-

vèrent sous sa main , et leur apprit, à grands coups de canne, qu'on ne se moquait pas impunément d'un Prevôt de Paris ; puis il monta dans sa chambre, où ses valets le suivirent en tremblant, et l'aidèrent à ôter ses habits qui étaient collés sur lui. Ils lui proposèrent de lui faire chauffer un bain; il ne voulut que se coucher, prit un bouillon, et ayant ordonné qu'on le laissât tranquille, il s'endormit.

CHAPITRE XXIV.

CLOTILDE était désolée: elle ne doutait pas que son cousin ne devînt un
ennemi irréconciliable d'après cette
belle affaire; et si elle ne voulait pas
en être aimée, elle ne pouvait cependant supporter la pensée qu'il pût la
haïr: aussi elle avait bien de la peine
à pardonner à son mari la manière
dont il venait de se conduire envers
son parent; et pour la première fois,
elle avait réellement de l'humeur
contre lui. Heureusement pour elle
sir Faustin fit dire au Châtelain qu'il
l'attendait pour déjeuner et aller de
là chasser en forêt. Se voyant libre,

Clotilde fut bien tentée d'envoyer
savoir si Henri n'était pas malade,
après avoir passé une si cruelle nuit:
elle n'osa pas; mais ne pouvant soutenir seule son inquiétude et son
chagrin, elle résolut d'aller chercher
des consolations auprès d'Agathe.
Elle se rendit chez elle, n'amenant
avec elle que Justine, celle de ses
filles qui lui était le plus attachée.

Clotilde n'avait pas vu sa sœur
de lait depuis le jour où Henri s'était
introduit, sous des habits de femme,
au milieu des belles brodeuses. Que
de choses n'avait-elle donc pas à lui
dire ! Agathe l'écouta avec le plus
tendre intérêt, compatit à toutes ses
peines, mais surtout loua le parti
qu'elle avait pris de dire à son mari
que Henri l'aimait. — Je n'avais que
cela à faire, reprit Clotilde; mais je

suis affligée de l'aventure de cette nuit : il m'en accuse. Ah! qu'il me connaît mal...... Puis, si sa santé allait être altérée? comment résister à ce nouveau chagrin; et elle fondit en larmes. Agathe ne la consola qu'en lui promettant qu'elle saurait par André des nouvelles du Prevôt. Effectivement , il alla chez lui dès le même soir, sous le prétexte d'une simple visite. Le bon jeune homme fut désolé en trouvant Henri qui n'avait dormi que quelques heures, consumé par une fièvre ardente. Le médecin qu'il envoya chercher, dit qu'il y avait tout à craindre; qu'il ne répondait pas des jours du malade si la transpiration ne se rétablissait pas : il ordonna les bains, les boissons chaudes et la diète; mais rien n'avait l'effet demandé , et la fièvre augmentait sans cesse. André aurait voulu ne pas quitter sir de Caperèl un instant; mais Longpré avait indis-pensablement besoin de lui. Il fallait donc qu'il se partageât entre le père de son amie et son protecteur, qui avait un délire affreux. Enfin, après plusieurs jours de danger, le médecin déclara que Caperel n'avait pas vingt-quatre heures à vivre. André, en re-cevant cet arrêt, fut au désespoir.

Mais quelle langue donnera une idée de ce qui se passait dans l'âme de Clotilde! Elle avait tous les matins par Agathe des détails sur la situation du malheureux Henri, et chacune de ses souffrances retentissait au fond de son cœur. La mort était dans son âme, et il lui fallait paraître calme. Toutes les fois que l'on parlait du danger de Caperel, elle se sentait

mourir, et elle était certaine que s'il
succombait, elle ne pourrait lui survivre. Cependant, elle ignorait la
cruelle décision des médecins, quand
le sir de Venette, qui était le meilleur
des hommes, se reprochant d'avoir
cédé à un mouvement de jalousie
en abandonnant le parent de sa
femme, sérieusement malade, dans
une misérable hôtellerie, où il ne
pouvait recevoir tous les soins dont
il avait besoin, résolut d'aller le voir
pour lui offrir de le faire transporter
chez lui. Clotilde, que le danger de
Capèrel occupait trop pour être sensible à toute autre crainte, loin de l'en
dissuader, l'engagea à ne pas perdre
un moment pour exécuter une déter-
mination que les liens du sang com-
mandaient.

Venette, en arrivant chez le Prevôt,
le trouva si mal, qu'il crut qu'il ne

pourrait profiter de ce qu'il voulait faire pour lui, et peut-être, dans le fond de l'âme, n'en était-il pas bien fâché; mais Henri, qui avait repris sa connaissance en approchant du terme fatal, eut tant de joie en pensant qu'au moins il ne mourrait pas sans revoir celle qu'il idolâtrait, qu'il remercia M. de Venette avec autant d'amitié que s'ils n'eussent pas été brouillés. Il accepta avec reconnaissance ce qu'il lui offrait, et voulut qu'on le conduisît sur-le-champ chez sir de Venette. Je sens que je ne puis revenir à la vie, disait-il; mais au moins mes derniers momens seront doux quand je me verrai entouré de mes parens, que j'aime autant qu'ils le méritent.

André, qui avait lu dans le cœur de Henri, tout en désapprouvant une flamme illégitime, se flattait que la

vue de madame de Venette pourrait
opérer un miracle; aussi, il fut le premier à se prêter au désir du pauvre
malade qui, en moins d'une heure,
fut établi dans un des appartemens
le plus commode de l'hôtel de Venette. Sa cousine n'aurait pu se refuser
à le voir sans apprendre à son mari
combien elle le redoutait; elle se trouva
donc à son arrivée chez elle. Heureusement le sir de Venette, qui était
occupé à donner des ordres pour quelques soins que demandait le malade,
ne fut pas témoin de l'impression ter-
rible que l'affreux changement de
Henri fit éprouver à Clotilde. Agathe,
qui était près d'elle, n'eut que le temps
de la soutenir, sans quoi elle serait
tombée à la renverse : personne, si ce
n'est Henri, grâce aux soins de mademoiselle Longpré, ne s'aperçut du

trouble de madame de Venette; mais
Henri le vit, et se trouva si heureux
en ne pouvant plus douter de l'intérêt que sa bien-aimée prenait à lui,
qu'il sentit le flambeau de la vie se
rallumer dans son sein.

Cependant son état fut pendant
quelques jours encore trop alarmant
pour que Clotilde pût, sans manquer
aux lois de l'humanité, lui refuser
les soins et les consolations qu'une
bonne parente doit à un parent presque à la mort. Ah! jamais Caperel
ne s'était trouvé si heureux que lorsqu'il voyait Clotilde pourvoir à ses
moindres besoins. Lorsqu'elle lui présentait un breuvage salutaire, comment n'aurait-il pas échappé à la
mort, quand il respirait le même air
que sa cousine; mais que cette atmos-
phère était dangereuse pour sa mal-

heureuse amie. Elle ne pouvait se
dissimuler que si elle continuait à
voir Henri à toute heure, elle ris-
querait de rendre incurable une passion qui ne pouvait faire que sa honte
et son désespoir. Certaine d'avoir
rappelé à l'existence celui qu'elle
aime, bien assurée qu'elle n'a plus
rien à craindre pour sa vie, elle se
décide à feindre une indisposition qui
l'empêche de sortir de sa chambre.
Henri qui la devine en est au désespoir, et le chagrin qu'il en ressent
retarde son rétablissement ; mais
comme ses jours sont en sûreté,
madame de Venette est inébranlable
dans sa résolution, d'autant plus que
André et Agathe sont retenus depuis
plusieurs jours auprès de Longpré,
qui a une attaque de goutte qui ne lui
permet pas de se passer d'eux. Ils

étaient pour elle des témoins aussi
sûrs qu'estimables; mais à présent,
qu'ils ne seront plus sans cesse entre
elle et Henri, elle aurait trop à
craindre. Celui-ci qu'André avait toujours veillé, est remis aux soins d'une
excellente garde; mais qui ne le console pas d'être privé de son jeune ami.
Tout lui manque à la fois. L'impa-
tience et le chagrin brûlent son sang,
et redoublent sa fièvre. Elle lui fait
concevoir mille projets chimériques,
qui naissent et se détruisent au même
instant. Un seul est bien distinct;
c'est celui de revoir Clotilde, de lui
parler sans témoins. Il faut qu'il
l'exécute, même aux dépens de sa
vie. Feignant alors de croire que sa
cousine est plus malade, il dit à la
mère Rémond (c'était le nom de sa
garde) qu'il voulait aller savoir lui-

même des nouvelles de la Châtelaine.
La bonne femme, qui ne pensait pas que
de sang-froid il en eût la pensée, crut
que c'était l'effet d'un violent délire.
Elle ne le contraria pas et lui promit
même que, dès que la fièvre serait
tombée, elle l'accompagnerait chez
Clotilde. Il le crut, et goûta quelques
momens de repos; mais comme il
vit le soir que la mère Rémond n'a-
vait pas exécuté sa promesse, il la
somma de la remplir. — Vous mo-
quez-vous de moi, de croire que je
vous conduirai chez madame Clotilde? On vous prendrait pour un
fou, et moi pour une extravagante.
Madame de Vénette n'a point une
maladie inquiétante; et d'ailleurs,
quel droit avez-vous pour vous y
intéresser si vivement? — Elle est ma
parente. — Ah! cela est différent;

mais croyez-moi, tranquillisez-vous;
dans quelques jours elle sera rétablie,
et elle viendra vous voir avec sir de
Fonfrède. — Vous ne voulez donc
pas absolument m'y conduire? —
Pas aujourd'hui. Henri ne dit plus
rien.

Au moment où le redoublement
de la fièvre se fit sentir, Caperel dé-
sira plus que jamais de parler à Clotilde, de lui reprocher la dureté avec
laquelle elle avait cessé de le voir,
quand sa présence pouvait seule lui
rendre la santé; il prit la résolution
de tromper ses surveillans, pour être
libre de se rendre à l'appartement de
Clotilde. Feignant dès lors une parfaite tranquillité, tandis que son sang
bouillonnait dans ses veines, il fait
semblant de dormir profondément, et
bientôt sa garde, sans méfiance, se

livre au sommeil, laissant une lampe
allumée.

Quand Henri se fut assuré qu'elle
dormait profondément, il rassemble
les forces que la fièvre lui donnait, se
lève, s'enveloppe dans un très-grand
manteau, et s'empare de la lampe. Il
ouvre la porte, la referme sur lui à
double tour et en prend la clef, sans
trop savoir quel usage il en fera, car
la fièvre et l'amour égarent son cer-
veau. Il se souvenait cependant d'avoir
entendu dire que l'appartement de
madame de Venette était au rez-de-
chaussée. Il descend un grand escalier, au risque mille fois d'en mesurer
les degrés, tant ses jambes étaient fai-
bles et tremblantes. Enfin, il arrive :
mais la porte est fermée, frapper pour
se faire ouvrir est une peine inutile
ou dangereuse ; car si Clotilde l'en-

tend, son époux ou d'autres peuvent
aussi l'entendre. Tout à coup l'idée
lui vint que peut-être la clef qu'il
tient dans la main ouvrira. Il l'essaie ; la
clef tourne dans la serrure, et bientôt
la porte cède à ses efforts. Cependant
d'autres pouvaient le tenir éloigné de
Clotilde. N'importe, le voilà dans
un grand antichambre ; la porte qui
communique à la galerie est ouverte.
Il trouve à l'autre extrémité celle qui
mène enfin à la chambre à coucher
de madame de Venette. Elle est fermée, mais la clef est restée en de-
hors ; c'est dans cet instant qu'il voit
que peut être il s'est engagé dans une
entreprise bien périlleuse. N'est-il pas
possible que Fonfrède partage le lit
de celle qui porte son nom ? mais si
elle est seule, quel bonheur il se
promet. Il ouvre donc avec pré-

caution. Un silence profond règne dans tout l'appartement ; les rideaux du lit sont entr'ouverts. La lumière de la lampe que portait Henri vient frapper Clotilde, et pénètre le tissu délicat de ses paupières, qui s'ouvrent et se referment aussitôt, tant l'aspect de Caperel l'épouvante. Celui-ci pose sa lampe sur une fort grande table, qui était au milieu de la chambre et qu'un long tapis de velours recouvrait. Il s'approche du lit, fléchit les genoux, et joignant les mains, il adresse ces paroles à Clotilde : Cher objet du culte le plus respectueux, aurais-je donc à redouter le malheur d'être haï ? dites-moi d'espérer, et j'attendrai dans le plus profond respect, autant d'années que vous le voudrez, sans demander autre chose que l'honneur d'être votre chevalier.

Clotilde , à peine revenue de la
frayeur mortelle que l'apparition de
Henri lui avait causée, je dis apparition, c'est bien le mot, car au premier instant qu'elle avait ouvert les
yeux, cette figure, enveloppée d'étoffe
brune , ce teint pâle, ces yeux que le
feu de l'amour, et l'ardeur de la fièvre
animaient, lui font croire que c'est
l'ombre de Henri ; elle pense qu'il a
perdu la vie ; mais reconnaissant sa
voix qui n'avait pas cet accent sinistre
que l'on croit être celui de la mort,
elle ne doute pas que ce ne fût Henri,
corps et âme , qui venait pour con-
sommer sa ruine.

Cette idée là met au désespoir.
Elle sent toute sa faiblesse ; elle est
seule ; nulle espérance d'échapper aux
séductions de son cousin : elle implore
le Ciel, et le supplie de mettre sur

ses lèvres la persuasion pour obtenir
de Henri qu'il retourne dans son
appartement. Caperel est toujours
resté à la même place ; elle ouvre
la bouche pour lui dire enfin tout
ce que l'indignation lui inspire, et
que son cœur dément. Je doute
qu'elle ait pu persuader à l'adroit
Caperel qu'elle ne partageait pas ses
sentimens. Ce moment allait décider
du sort de sa vie : faible elle n'est plus
qu'une femme, j'allais dire *méprisa-*
ble , le mot est trop dur ; mais lequel
employer pour exprimer le sentiment
que doit inspirer celle qui manque
aux plus redoutables sermens ; et qui
brise la chaîne des liens les plus sacrés. Comment cacher à l'homme
le plus séduisant l'intérêt que son
état inspire. Elle hésite, elle balbutie
quelques mots, que Henri entend à

peine, quand tout à coup elle s'arrête.
Un bruit qui lui est connu frappe
son oreille, et qui tant de fois a fait
battre son cœur, non d'amour, mais
par ce sentiment indéfinissable que
toute femme délicate éprouve, quand
l'hymen séparé de son frère revendique ses droits ; c'est le bruit que fait
la porte du Châtelain en s'ouvrant,
et qui dans un instant entrera chez
sa femme, et immolera à sa jalousie
le bel Henri. Elle ne voit qu'un
moyen de le sauver, mais elle n'ose
l'enseigner à Henri. Elle craint que
ses paroles n'aillent jusqu'à son époux,
qui est déjà dans la galerie. Elle
ne perd pas un instant, elle s'é-
lance de son lit en s'enveloppant
plus de sa pudeur que du léger vête-
ment qui la couvre. Elle lève le tapis
dont nous avons parlé, fait signe à

Henri de se cacher dessous. Henri,
sans en comprendre la raison, obéit,
et espère ; qui n'espérerait à sa place.
Il se cache sous le tapis, et madame
de Venette est remise dans son lit
avant que le Châtelain ouvre la porte.
— Clotilde feint d'être éveillée par le
bruit. Que voulez-vous, Seigneur, et
qui trouble votre sommeil?—Un songe
qui m'a fait voir votre honneur en danger. Il me semblait que Henri avait
eu l'audace d'arriver jusqu'à vous. Je
me suis réveillé au moment où j'allais
lui enfoncer mon épée dans la gorge.
Troublé par cette image, je n'ai
pu résister à ma vive inquiétude. Si
c'était, me disais-je, un avertissement
du Ciel ; si ma Clotilde luttait péni-
blement contre un scélérat... et alors
je me suis décidé à venir chercher près

8 *

de vous, chère âme, le repos et le bonheur.

Ah ! qui peindra ce qui se passait alors dans le cœur de cette infortunée. Celui qu'elle adore est là, et dans quelle situation ; combien elle doit être gênante, et si le moindre bruit le trahit, que deviendra-t-elle ? Vera-t-elle couler un sang qui lui est si cher ; et cependant Henri est malade, mourant ; s'il s'évanouit, il mourra ; et que sera la vie pour elle ?

Fonfrède, glacé par le froid de la nuit, demande à sa compagne de permettre qu'il vienne près d'elle. Elle ne pouvait le refuser. Que ce moment est fâcheux pour Henri ! il ne doute pas du vif intérêt que lui porte Clotilde ; elle l'a fait cacher, et sans cette précaution il était perdu ; il sent

tout le danger de sa position. Chaque
moment peut être le dernier de sa
vie ; mais ce n'est que le moindre de
ses tourmens. Fonfrède, près de Clotilde, possesseur des charmes divins
qu'il a vus, ou au moins devinés, est
un tourment plus cruel que ceux de
l'enfer ; mais une pensée calme son
désespoir. Il ne doute plus qu'il est
aimé ; Clotilde n'a point eu l'air de la
colère, mais seulement de la crainte.
Avec quel soin elle s'est occupée à le
dérober à son époux. Combien ne
fallait-il pas qu'il lui fût cher pour
avoir en un instant renoncé à toutes
les bienséances auxquelles elle était
plus attachée qu'aucune femme du
monde, pour mettre la vie de son
amant en sûreté. — Si son mari la
quitte, j'aurai le bonheur de lui parler encore, de voir sur sa charmante

physionomie ce mélange d'amour et
de vertu qu'il est si doux de vaincre. Mais Henri, comme nous allons
le voir, ne fut pas long-temps libre de
se livrer à ses réflexions.

CHAPITRE XXV.

A PEINE Fonfrède avait-il pris place
près de Clotilde qu'on entendit, au-
dessus de la chambre de madame de
Venette, un bruit infernal. Il semblait que c'était une porte que l'on
secouait avec violence : puis on entendait aller et venir. Qu'est-ce, dit le
Châtelain ; quel bruit dans l'appartement de sir Caperel. Serait - il plus
mal ; sa garde appellerait-elle au secours ? Je le crois, et il serait fort bien
fait d'y monter. — Il est donc décidé
que je ne puis être en repos cette
nuit ; le diable soit de la fantaisie qui

m'a fait engager à le faire venir ici ; je suis toujours ainsi m'occupant des autres et m'oubliant moi-même. Je ne sais , mais je crois que ce sir Henri de Caperel , notre cher cousin , me portera malheur. — Mais , Seigneur , le bruit redouble ; allez donc , je vous en conjure.—Vous y prenez bien plus d'intérêt que je ne croyais. — Point d'autre que celui de l'humanité ; et ma conduite a dû vous le prouver. — Tant mieux pour Caperel , car s'il avait le malheur de vous séduire , il ne mourrait que de ma main. — Je ne sais, mon cher Fonfrède , quelle humeur vous agite cette nuit , mais je ne vous reconnais pas. Entendez-vous des cris. — Allons, je vois bien que pour vous faire plaisir , il faut encore que j'affronte le froid ; et

sortant du lit conjugal, il met le manteau qu'il avait pris pour venir chez
Clotilde, et la quitta.

Alors Henri sort de dessous le tapis. — Que ne vous dois-je pas de
m'avoir mis à couvert de la rage de
votre traître d'époux ; mais tandis
qu'il me cherche, dites . . . . — Ah !
Henri, je n'ai rien à vous dire ; vous
voulez donc me faire mourir. Sortez
promptement. — Quoi ! pas un mot !
— Sortez d'ici, je vous le demande
au nom de l'honneur, ne me perdez
pas ; et si Fonfrède vous rencontre, il
sera aisé de croire que le délire vous
a fait sortir de votre appartement,
où vous avez sûrement renfermé la
mère Rémond. — Mon Dieu, oui. —
Et voilà la cause du bruit qu'elle fait
depuis un quart d'heure ; mais sortez, je vous le demande. Faut-il me

mettre à vos pieds pour obtenir cette
grâce. — Je vais vous obéir ; mais
jurez-moi, sur la tête de Fonfrède,
que si vous recouvrez votre liberté,
nul autre que moi ne sera votre
époux. — Jamais je ne donnerai un
étranger pour père à mes enfans. —
Jurez-le moi. — Je vous le jure, mais
sortez, où vous me ferez mourir d'effroi. Enfin, Caperel eut pitié de sa
malheureuse amie, et se retira em-
portant sa lampe.

Il traversa avec un singulier bonheur l'appartement, reprit la clef, et
au lieu de s'arrêter au premier étage,
où était Fonfrède, il remonta le second ; mais ce fut le dernier effort
qu'il fit, ses forces étaient anéanties.
Il tomba sans connaissance sur les degrés, perdant son sang par une large
blessure qu'il s'était fait au front contre

l'angle d'une marche ; c'était sa dernière heure, si on n'était pas venu à
son secours.

Le Châtelain était monté, comme
nous l'avons dit, à l'appartement du
Prevôt, où la mère Rémond continuait à faire un vacarme effroyable,
et au fait elle était assez excusable.
Réveillée par l'inquiétude que lui donnait son malade, elle est tout étonnée
de ne pas voir de lumière ; elle croit
qu'elle s'est éteinte. Elle va à la cheminée pour y trouver du feu ; il n'avait
pas été couvert, de sorte qu'il n'en
restait pas ; mais ce qui la glace d'effroi, c'est de n'entendre aucun bruit.
Dieu ! se disait-elle, ce pauvre jeune
homme serait-il mort, je ne l'entends
point respirer ? Elle veut s'assurer si
sa crainte est fondée ; elle s'approche
du lit, elle tâte, il est froid. Ah Ciel !

ce n'est que trop vrai ; il n'est plus :
me voilà seule sans lumière avec un
trépassé. Que je suis malheureuse !
e. elle n'osait pas étendre la main
plus loin dans le lit. Cependant, hon-
teuse de la frayeur qu'elle avait eue ;
elle veut s'assurer de la vérité. O sur-
prise ! ô terreur ! elle n'y trouve
point le corps du pauvre défunt. Ce
fut alors que rien ne put être comparable à son effroi. Dans son imagination troublée , elle voit Henri
mort, et son corps enlevé par le diable. Elle se persuade que cet esprit
de ténèbres l'emportera aussi. Alors
elle court vers la porte ; mais pour
comble d'infortune, elle est fermée
à double tour. Ce ne peut être qu'un
surcroît de noirceur de l'esprit de ma-
lice. Alors elle crie , elle tempête,
elle secoue la porte , elle veut l'en-

foncer, mais elle n'en a pas la force. Enfin Fonfrède vient à son secours; du moins il la console en lui parlant; car, n'ayant pas la clef, il ne pouvait changer sa situation : seulement il devine une partie du secret. Votre malade, disait le mari de Clotilde à la mère Rémond au travers de la serrure, aura profité du temps de votre sommeil pour s'échapper. Il court maintenant dans toute la maison : pourvu qu'il n'aille pas à l'appartement de ma femme; il la ferait mourir de peur. Je me rappelle que j'ai laissé la porte ouverte. Tranquillisez-vous, mère Rémond; je vais descendre pour réveiller mes gens, et nous le retrouverons. — Mort, car il se sera tué sur l'escalier; il est trop faible pour se soutenir. Le Châtelain, sans entendre ce qu'elle disait, des-

cend, réveille son valet de chambre;
celui-ci les autres domestiques. On
allume des flambeaux, et on cherche
Henri. Après avoir visité tout l'appartement de Clotilde sans rien
trouver, on se disposait d'en faire
autant dans toute la maison, quand
Fonfrède dit : Serait-il monté au
second ? voyons ; et montant l'escalier
avec ses gens, le sir de Venette fut le
premier qui aperçut la trace du sang
que Henri avait perdu. Il trembla
alors que le malheureux Caperel ne
se fût en effet tué en tombant. On
monte, et on le trouve sans couleur
et sans mouvement. O mon Dieu!
il est mort; et tout ce qui est là ré-
pète : *Il est mort.* Ces cris arrivèrent
jusqu'à l'appartement de Clotilde, qui
perd aussitôt connaissance; et très-
heureusement pour elle personne

n'en est témoin. Mais revenons au
Prevôt.

On voit dans sa main la clef de son
appartement, on la lui ôte; deux
hommes le prennent, l'un par la tête,
l'autre par les pieds, le descendent
comme un cadavre : on ouvre la porte,
ce qui eût été une grande joie pour
la pauvre Rémond, si en même temps
elle n'eût pas aperçu le sir Henri,
que les valets rapportaient. Eh bien!
Monseigneur, ne vous l'avais-je pas
dit qu'il se ferait tuer; vous le voyez.
— Il n'est peut-être pas mort. On le
place sur son lit, on le tourne, le retourne; son cœur bat encore : l'aurore
commence à paraître. On va réveiller
un chirurgien; on le saigne, il ouvre
les yeux et ne sait d'où il vient ni où il
est. On le lui dit; ses idées reviennent,
et il s'estime heureux d'avoir échappé

à tant de dangers, dont les plus cruels
étaient inconnus à tout ce qui l'en-
tourait. On le laisse aux soins de la
mère Rémond, qui ne comprend pas
pourquoi il lui avait échappé. Le sir
de Venette, croyant que sa moitié n'a-
vait aucune inquiétude du Prevôt de
Paris, ne rentra point chez elle, et alla
finir dans son lit cette désastreuse
nuit.

CHAPITRE XXVI.

CETTE résolution du Châtelain sauva la réputation de Clotilde et eut pu lui coûter la vie, car étant tombée évanouie, comme je l'ai dit, aux cris : *Il est mort*, elle resta dans cet état pendant plusieurs heures, et elle n'en sortit que pour être livrée aux plus vives alarmes. Des idées confuses lui rappelaient les sujets de crainte qu'elle avait eus et qui n'étaient point dissipés. Il est mort! disait elle; il n'y a aucun doute que j'ai entendu ces terribles mots, puis je n'ai plus rien entendu. O mon Dieu! éloigne de

mon esprit cette fatale pensée ; n'ai-je
pas juré que jamais je ne donnerais
un étranger pour père à mes enfans ;
non jamais, jamais. Elle tomba dans
une profonde revêrie, et n'en fut
tirée qu'au moment où ses filles en-
trèrent pour prendre ses ordres. —
Dites-moi, Justine, en s'adressant à la
première, avez vous entendu tout le
bruit qu'il y a eu chez le sir de Caperel pendant toute la nuit. — Oh! mon
Dieu oui, Madame, et nous avons eu
une belle peur ; quand il est tombé
sur l'escalier le bruit qu'il a fait nous
a tellement effrayées, que nous avons
été plus d'un quart d'heure sans pouvoir remuer dans nos lits, tant nous
étions saisies de crainte. Enfin, nous
avons entendu crier: *Il est mort.* Alors
la curiosité, l'intérêt l'emportent sur
la crainte. Je me lève, je sors de ma

chambre, et je vois ce beau jeune
homme que l'on emporte. Il est sans
mouvement; la pâleur de la mort
est sur son front; une large blessure...
Mais, madame, qu'avez-vous? vous
changez de couleur. — Je n'ai rien....
Enfin. — Je crus qu'il était mort;
mais il n'était qu'évanoui. On dit que
dans le délire, il a pris l'instant où
la mère Rémond dormait; il est sorti
de son appartement, et l'y a en-
fermée : c'est elle qui faisait ce bruit
effroyable que vous avez entendu.
Enfin, on lui a ouvert. Le sir Henri
a été remis dans son lit, et on ne le
laissera plus seul avec sa garde; car
le médecin a dit qu'il se tuerait, et il
ne s'en est guère fallu. — Sa blessure
est-elle dangereuse? — On dit que
non; mais comme il a perdu beaucoup de sang, on craint que cela ne

rende son rétablissement plus long et
plus difficile. Clotilde bénit le Ciel
de l'avoir préservé de plus grand malheur; et en se rappelant la situation
cruelle où elle avait été pendant toute
cette nuit, elle ne put s'empêcher de
croire qu'elle était particulièrement
protégée du Ciel ; et en reconnaissance, elle promit à celui qui règle
nos destinées, de plutôt mourir que
de manquer à ses devoirs.

Le Châtelain, fort mécontent d'a-
voir engagé sir Henri à venir demeurer chez lui, et fatigué de la
mauvaise nuit qu'il lui avait fait
passer, se promit bien de le prier de
retourner à Paris dès que ses forces
le lui permettraient. Mais ce n'était
pas là le projet du Prevôt. Son amour
s'était accru par la certitude d'être
aimé, et par la connaissance plus par-

faite de la beauté de Clotilde. Il n'y
avait aucun projet qu'il ne formât
pour être possesseur de ces charmes,
que la tendre sollicitude de sa bien-
aimée lui avait laissé entrevoir. Vivre
sans Clotilde ne lui paraissait plus
possible. Malheur à Fonfrède! Ses
vertus, l'attachement qu'il inspire à sa
compagne sont des titres de plus à
la haine qu'il lui porte. Cependant
il dissimule. Il croit être aimé par
Clotilde; mais sa vertu est telle, qu'il
est convaincu qu'il n'a rien à attendre
que de la ruse, et faisant taire le cri
de sa conscience, il se décide à l'employer pour faire tomber en son pouvoir cette adorable femme,

CHAPITRE XXVII.

DE tous les maux, le plus funeste
pour un homme en place, c'est d'avoir
auprès de lui un être vil et barbare,
et tel était Sylvestre. Cependant Caperel ne le croyait qu'actif et rusé; de
sorte qu'il lui avait donné sa confiance, comme nous l'avons vu dans
l'affaire de la charge qu'il avait su si
habilement amener à la satisfaction
de Henri. Aussi, depuis cet instant,
Caperel traita son secrétaire en ami.
Celui-ci, tout insensible qu'il était,
s'était aussi attaché au Prevôt; et
quand il apprit que son maître était
malade, il lui demanda de venir

avec Landry pour s'assurer par eux-
mêmes de l'état d'une santé qui leur
était si précieuse. Caperel qui désespérait, comme nous l'avons dit, d'obtenir le consentement volontaire de
Clotilde, pour le dessein qu'il avait
conçu de faire rompre son mariage
avec Venette, pensa que ces hommes
pourraient lui être utiles..Hélas! il ne
savait pas combien ils lui seraient
funestes. Il leur écrivit donc de venir
à Arras, non comme des hommes à
lui, mais comme des gentilshommes
de ses amis. Antoine, le seul valet
qu'il eût amené de Paris, était un
garçon discret, et qui ne disait jamais
que ce que son maître voulait qu'il
dît. Sylvestre, qui avait, avec beaucoup de bassesse, infiniment d'orgueil,
fut enchanté de paraître comme noble

dans la société d'Arras. Il n'avait
jamais connu ni son père ni sa mère;
et le curé qui l'avait recueilli par cha-
rité, ne lui avait point donné d'autre
nom que Sylvestre; il voulut s'en donner un étranger, afin que l'on ne le
lui disputât pas, et se fit appeler Sylvestre Strossi : quant à Landry, il ne
changea rien à son nom. Strossi, dont
les manières étaient au-dessus de son
état, devait passer pour un noble
génois, et son camarade pour un
gentilhomme savoyard, que la pau-
vreté de ses parens avait empêché
d'étudier. A cette époque, rien n'était
aussi commun, même parmi les nobles.
Nos deux gaillards, auxquels Caperel
avait fait toucher de l'argent pour
s'habiller convenablement au rôle
qu'il voulait leur faire jouer, ne mé-

nagèrent pas la bourse de leur patron,
et s'équipèrent en gens de qualité :
habit, manteau, feutre surmonté de
panaches, chevaux fringans, armes
du plus beau poli, rien n'y manquait ;
et nos prétendus gentilshommes devaient en imposer à tous ceux qui
mettent un grand prix à l'extérieur,
sans s'embarrasser des qualités réelles·
Dès qu'ils furent arrivés, ils se lo-
gèrent eux, leurs valets et leurs chevaux, dans la même hôtellerie où le
Prevôt était tombé malade, et de là,
envoyèrent demander s'il était visible.
Henri, qui s'ennuyait la plus grande
partie du jour, surtout depuis que
Clotilde ne venait plus chez lui, fut
fort aise de voir Sylvestre, dont l'esprit original l'amusait. Il les présenta
l'un et l'autre à Venette, et ne garda
que Sylvestre près de lui ; quant à

Landry, il lui conseilla d'aller chasser
et boire à Reuilly; car c'était à peu
près tout ce à quoi il était propre.
D'ailleurs, il aurait rougi que Clotilde eût reçu chez elle, comme ami
du Prevôt, un aussi grossier personnage.

Ce ne fut qu'après le départ de
Landry pour Reuilly, que Henri ou-
vrit son cœur à Sylvestre, et lui fit
connaître toute la force de son amour
pour Clotilde, lui demandant de l'aider de tout son pouvoir pour qu'il
pût devenir l'heureux époux de cette
tadorable personne. — En vérité,
Monseigneur, je vous admire : il y a
rois ans que vous pensâtes perdre une
des plus belles charges de l'Etat pour
ne pas vous marier; et aujourd'hui,
non-seulement vous voilà décidé au
mariage, mais il faut encore que vous

veuillez épouser une femme qui a un
mari, et de plus votre parente (*); il
faut que ce soit moi qui fasse réussir
ce beau projet. En vérité, Monseigneur, si c'est pour cela que vous
m'avez fait venir de Paris, autant
vaudrait que j'y retournasse. — Quoi
Sylvestre! ces difficultés t'épouvan-
tent? je ne te reconnais pas. Cependant je voulais, dès que j'aurais été
l'heureux époux de Clotilde, te donner le moyen de vivre en honnête
homme : tu as vu sur la route de
Paris, cette belle ferme un peu sur
la gauche, cent arpens de terres, autant de prés et de bois, elle m'appar-

---

(*) A cette époque, on obtenait très-
difficilement des dispenses de parenté, et
on regardait comme nulles des unions
contractées au septième et huitième degré.

9 *

tient; elle sera à toi, et dix mille francs
pour Landry si vous réussissez. —
Ah! Monseigneur, comme vous savez
attendrir les cœurs; je vous assure
qu'elle portera votre nom ou que je
perdrai le mien. — Oh! voilà un ser-
ment redoutable. Mais enfin, me pro-
mets-tu de tout employer pour servir
mon amour? — Oui, Monseigneur.
Et depuis ce moment, le coquin cher-
cha par quel moyen il réussira : ce
fut lui qui fortifia l'idée qu'avait eu
Henri de réclamer la terre de Champeaux, et lui donna celle de faire un
dédit de trente mille francs, somme
énorme à cette époque, pour achever
de ruiner M. de Venette, s'il perdait
son procès; mais, si tout cela ne ser-
vait à rien, Sylvestre proposait d'enlever Clotilde. Il se souvenait de l'avoir
tenté pour Loyac huit ans auparavant;

mais les mesures devaient être mieux
prises. Ce fut pour cela qu'il déter-
mina Henri à quitter Arras, afin qu'il
ne fût pas compromis si l'affaire manquait. Il avait retrouvé dans la forêt
d'anciens camarades ; il s'était fait reconnaître d'eux, et ils devaient le
seconder. Il sut de eux-ci qu'ils avaient
une expédition secrète à faire dans
peu de jours; il voulut être instruit
dans quel endroit, et pour qui ; mais
on ne voulut point le lui dire : seulement ils le prièrent ; ainsi que Landry,
de leur faire l'*honneur* de venir
prendre part au festin qui devait être
donné ce jour-là avec l'argent qu'ils
auraient gagné. Sylvestre ne parla
point au Preyôt de cette rencontre;
il savait qu'il n'aimait pas les scélérats, que lui-même lui eût été odieux,

s'il avait connu toute la noirceur de son âme.

Quinze jours s'étaient passés sans que Henri pût sortir de sa chambre, et sans que Clotilde eût voulu quitter un instant la sienne. Un matin que le Châtelain vint savoir des nouvelles de Henri, celui-ci l'assura qu'il ne serait pas long-temps sans retourner à Paris, où sûrement on était fort inquiet de son absence. Si elle se prolongeait, il serait possible, dit-il, que le Roi nommât à ma place : j'ai donc écrit à Sa Majesté pour l'instruire de ma situation, et je ne doute pas qu'elle n'y ait quelques égards, bien sûre que, dès que mes forces me le permettront, je partirai. Le mari de Clotilde eut toutes les peines du monde à dissimuler la joie qu'il res-

sentait de ce que lui disait Henri.
Convaincu qu'il allait partir, il exigea de Clotilde qu'elle vint avec lui
dans la chambre du malade, pour lui
faire son compliment sur son rétablissement. Clotilde, qui eût voulu
pour tout au monde ne pas revoir
Henri, fut cependant contrainte de
suivre son trop confiant époux. Henri,
ne sachant comment exprimer l'excès
de son bonheur, ne put revoir Clotilde sans se rappeler la fatale nuit
où, pour éviter de tomber sous les
coups du Châtelain, il avait failli
mourir. Comme il la trouva belle!
l'incarnat que la présence du Prevôt
fit briller sur son teint la rendit encore
plus séduisante : il la dévorait des
yeux. Elle priait tout bas son époux
d'abréger le supplice qu'elle éprouvait
en la présence du Prevôt. Disait-elle

véritablement ce qu'elle pensait ? j'en
doute fort ; car Henri, malgré la pâleur dont sa blessure était cause, n'en
avait pas moins une figure charmante,
et plus touchante encore qu'avant sa
maladie. — Quel bonheur de vous
voir! madame, avait-il dit à Clotilde,
et que je dois bénir le Ciel d'avoir
éprouvé un accident qui me procure
cette félicité. — Elle ne peut se comparer avec les douleurs que vous
ressentez depuis votre maladie. — Je
les oublie entièrement, madame,
dans ce moment. La conversation
devint générale, et Henri parla de
son départ comme d'une chose pro-
chaine. Clotilde feignit de l'approu-
ver : sa raison en effet l'approuva ;
mais son cœur n'était nullement de
la partie, car, ne plus le revoir !....
Cette pensée voila sa physionomie

d'un nuage de tristesse qui enchanta
Henri, et ne parut au Châtelain
qu'une marque d'ennui, qui lui fit
abréger sa visite.

Deux jours après, Henri passa
dans l'appartement de Clotilde, mais
en présence de Fonfrède ; et il té-
moigna un si profond respect, que
madame de Venette le crut entièrement décidé à suivre ses ordres, et à
ne lui parler jamais d'un amour qui
l'offensait et la charmait tout à la
fois.

Le Châtelain l'engagea à venir
prendre ses repas à table jusqu'au
moment de son départ. Il s'en excusa
sur la nécessité où il était de suivre
un régime rigoureux; la vue de ce
qui plaît rend presque impossible de
s'en abstenir. Cette pensée à double
entente n'échappa pas à Clotilde, et

elle en sut un gré infini à Henri; et
c'est ainsi qu'il l'endormait sur le bord
de l'abîme.

Le Prevôt fit enfin faire ses malles;
et après avoir donné l'ordre de char-
ger ses mulets, il descendit chez M. de
Venette qu'il fit demander, ayant à
lui parler en particulier. Fonfrède
se rendit aussitôt seul dans sa chambre.

Dès que Henri l'aperçut, il lui dit:
Il n'est rien de si embarrassant que la
position où je suis avec vous, Seigneur:
je suis votre obligé; et les soins que
vous avez fait prendre de moi pendant ma maladie, semblent m'enchaî-
ner et m'enchaîneraient en effet, si
le devoir ne me prescrivait pas une
marche contraire à vos intérêts. Il
n'est pas possible de laisser intervenir
l'ordre dans les successions de fiefs;
et si j'abandonnais à madame de Ve-

nette celui de Champeaux, cet ordre
serait intervenu. Il faut donc néces-
sairement que je revendique mes
droits; une fois en possession, je serai
libre de suivre les mouvemens de
mon cœur, et de vous en laisser la
jouissance.—Vous nous feriez, en honneur, une grâce singulière; mais moi,
qui ne veut de vos dons, ni avant ni
après, je vous déclare que je défendrai
les droits légitimes de Clotilde, et que
je n'ai aucun doute qu'elle sera main-
tenue dans la jouissance de sa terre.
—Je ne le crois pas, reprit Caperel;
et pour vous donner une preuve de la
certitude de mon droit, c'est que je me
suis tellement assuré que rien ne peut
me faire perdre cette cause, que je
vous offre un dédit de trente mille
francs que paiera à l'autre celui qui
aura perdu son procès. Fonfrède ac-

cepta : l'acte en fut dressé aussitôt, et
on convint qu'avant de commencer
les hostilités, on ferait un dîner de
chasseur à Champeaux. Henri, parfaitement rétabli, promit de retarder
son départ jusqu'au lendemain à la
pointe du jour. Il chargea Justine,
qu'il rencontra, de présenter ses hom-
mages à madame de Venette. Ces
messieurs partirent, laissant Clotilde
dans les bras du sommeil ou feignant
d'y être, pour éviter des adieux qui
lui déchiraient le cœur ; d'ailleurs,
elle savait ce que Henri avait dit à
Fonfrède, et elle était étonnée qu'un
homme qui l'assurait l'aimer si ardem-
ment, eût le projet de ruiner ses
enfans. Que prétend-il par cet injuste
procès ? L'âme pure de Clotilde ne
pouvait pénétrer ce dédale. Henri,
en effet, s'embarrassait assez peu du

fief de Champeaux et de la légitime
succession ; mais il avait adopté le
projet de Sylvestre, pour forcer Fon«
frède à consentir à rompre son mariage avec Clotilde et alors l'épouser,
n'espérant jamais qu'elle consentît à
être sa maîtresse. La suite des Mémoires fera connaître qu'elle ne con-
sentira pas plus à l'un qu'à l'autre;
mais l'amour s'égare : il donne à l'objet
aimé les pensées qu'il voudrait qu'il
eût pour répondre à ses vœux. C'est
ainsi que Caperel se perdit par ses
chimériques espérances, qui le con-
duisirent dans l'abîme où il entraîna
celle qu'il adorait.

FIN DU SECOND VOLUME,

La municipalité de Sarables envoie deux écussons, symboles &

tion qu'elle a dépoſé au bureau de la meſſagerie de Pont-Audemer, le 5 préſent mois, & dans une boîte qui ſe trouve incluſe ſa délibéra-tion, deux calices avec leurs patênes, une croix, un ſoleil, un ci-boire, une cuſtode, un plat & deux burettes, une petite taſſe, deux petits vaſes & une couronne briſée.

Les citoyens de cette commune font, dès cet inſtant même don à la patrie d'une ſomme de 60 l., qu'ils deſtinent au ſoulagement des parens indigens de ceux qui ont perdu la vie au ſiege de Toulon : ils annoncent en même-temps que 60 chemiſes ont été par eux dépo-ſées au diſtrict, pour être par les ſoins portées dans les magaſins de la République.

Mention honorable & inſertion au bulletin.

La municipalité de Sarables envoie deux écuſſons, ſymboles &

www.ingramcontent.com/pod-product-compliance
Lightning Source LLC
Chambersburg PA
CBHW051822020726
47502CB00005B/1576